鳥羽 亮

白狐《びゃっこ》を斬る

剣客旗本奮闘記

実業之日本社

実業之日本社文庫

白狐《びゃっこ》を斬る　剣客旗本奮闘記　目次

寛永寺
車坂町
山下
広徳寺
浅草寺
東本願寺
上野
三枚橋
浅草
吾妻橋
下谷
下谷長者町
御徒町通り
青井市之介の屋敷
下谷練塀小路
糸川俊太郎の屋敷
佐々野彦次郎の屋敷
伊庭道場
神田佐久間町
新シ橋
浅草御門
本所
料理屋 浜富
和泉橋
柳原通り
豊島町
柳橋
回向院
亀戸
両国橋
竪川
馬喰町
奥州街道
米沢町
元町
一ツ目橋
相生町
二ツ目橋
緑橋
橘町
両国広小路
汐見橋
栄橋
薬研堀
日本橋
千鳥橋
田所町
久松町
大川
富沢町
高砂橋
大伝馬町
高砂町
小川橋
堀江町
伊勢町
浜町
新大橋
室町
吉田屋
親父橋
組合橋
日本橋本町
浜町堀
小網町
小名木川
日本橋
江戸橋
荒布橋
南茅場町
深川
行徳河岸
上ノ橋
楓川
八丁堀
今川町
仙台堀
永代橋
油堀
門前仲町
富ヶ岡八幡宮
佃島

白狐を斬る
江戸地図
前田家上屋敷
不忍池
菊坂町
下谷広小路
湯島天神
同朋町
本郷
湯島
中山道
下谷御成街道
水道橋
神田明神
湯島聖堂
神田川
金沢町
駿河台
昌平橋
筋違御門
小川町
大草主計の屋敷
中山道
神田多町
神田
一ツ橋御門
大松屋
江戸城
四谷御門
麹町
半蔵御門
桜田御門
赤坂御門
京橋
新シ橋
三十間堀
木挽町
図版作成／ジェオ

〈主な登場人物〉

青井市之介……二百石の非役の旗本。青井家の当主

つる……市之介の母。御側衆大草与左衛門（故人）の娘

佳乃……市之介の妹

茂吉……青井家の中間

大草主計《かずえ》……市之介の伯父。御目付。千石の旗本

小出孫右衛門…大草に仕える用人

糸川俊太郎……御徒目付。市之介の朋友

佐々野彦次郎…御小人目付。糸川の配下

野宮清一郎……北町奉行所、定廻り同心

源助……野宮の岡っ引き

元造……野宮の岡っ引き

勘兵衛……吉田屋のあるじ

嘉造《よしぞう》……吉田屋の番頭

蓑蔵《みのぞう》……大松屋の番頭

白狐《びゃっこ》を斬る　剣客旗本奮闘記

第一章　白狐《びゃっこ》党

1

日本橋伊勢町《いせちょう》――。

石町《こくちょう》の暮れ六ツ（午後六時）の鐘の音が、町筋に鳴りひびいた。その鐘の音が合図ででもあるかのように、表通りのあちこちから大戸をしめる音が聞こえてきた。通り沿いの大店《おおだな》が商いを終え、店をしめ始めたのである。

両替屋、吉田屋《よしだや》は表通りに店を構えていた。通り沿いには、土蔵造りの大店が並んでおり、吉田屋は目を引くような大きな店舗ではなかったが、繁盛していた。

両替商は、金銀の交換をおこなう本両替と金銀貨と銭を交換する脇両替に分かれているが、吉田屋は本両替の店だった。両替の他にも、預金、貸付、手形の発行などもおこなっている。
帳場にいた番頭の嘉造《よしぞう》が、
「梅吉《うめきち》、そろそろ表の戸をしめておくれ」
と、声をかけた。
梅吉は丁稚《でっち》で、まだ十三だった。色白の丸顔には、まだ子供らしさが残ってい
る。
「はい」
梅吉はすぐに土間に下り、表の大戸をしめ始めた。
曇天のせいもあるのか、店のなかはいつもより暗く、すでに客の姿はなかった。
店には、もうひとりの丁稚、利吉《りきち》と手代の与次郎《よじろう》がいた。ふたりは、両替のおり
に使う天秤や銭の入った小銭箱、緡《さし》を通した一文銭などを片付けていた。
梅吉が、大戸を三枚しめたときだった。
「ごめんよ」
と声をかけ、町人体の男がふたり店に入ってきた。この男は、痩せていて、す
こし猫背だった。
ふたりは、手ぬぐいで頰っかむりしていた。ひとりは縞柄の小袖を裾高に尻《しり》っ

端折《ぱしょ》りし、草履《ぞうり》履きだった。もうひとりは紺の腰切半纏《こしきりばんてん》に股引《ももひき》姿である。ふたりとも、町筋のどこででも見掛ける恰好だった。

小袖姿の男が、懐から巾着を取り出し、

「小判を銭に替えてくれ」

と言って、小判を一枚手にした。

「店をしめましたので、明日にしてもらえませんか」

上がり框《がまち》のそばにいた与次郎が、腰をかがめながら言った。

与次郎は二十代半ば、面長で鼻筋のとおった顔をしていた。その顔に、困惑の色が浮いている。店仕舞いは、あらかた済んでいたので、いまから両替するのは面倒だったし、吉田屋は暮れ六ツの鐘が鳴ったら、商いを終えると決めていたのである。

「店は、あいてるじゃァねえか」

小袖姿の男が、戸口に目をやって言った。

まだ、大戸は半分ほどしめただけで、残りはあいたままになっていた。

「いま、しめるところです」

梅吉が、慌てた様子で大戸をしめようとした。

「おい、手伝ってやれよ。店をしめるそうだぜ」

小袖姿の男が、もうひとりの男に言った。

「よし、手を貸すぜ」

腰切半纏姿の男が、残りの大戸を勢いよくしめ始めた。

梅吉は、驚いたような顔をして戸口に立っている。店の両替場にいた嘉造や与次郎の顔に、驚きと戸惑いの色が浮いた。男が何のために大戸をしめ始めたのか、分からなかったのである。

大戸がしめ終わると、店のなかが急に暗くなった。それでも、土間の脇に明かり取りの窓があったので、土間や両替場、番頭のいた帳場などが、ぼんやりと見えた。

「暗くていけねえな」

腰切半纏姿の男は、脇のくぐり戸をあけ、

「旦那方、入《へえ》ってくだせえ。あっしらの商いは、これからですぜ」

と、外に首を出して言った。

すると、くぐり戸から男たちが入ってきた。武士体の男が四人――。

四人の武士が土間に入ると、腰切半纏姿の男は、すぐにくぐり戸をしめてしまった。武士たちは、いずれも白い面をかぶっていた。

「き、狐！」

梅吉が、声をつまらせて叫んだ。土間に凍りついたようにつっ立ち、恐怖に目を剝いている。

「びゃ、白狐党《びゃっこ》……」

与次郎が、声を震わせて言った。

四人の武士は、白狐の面をかぶっていた。ふたりは、武家らしく羽織袴姿で二刀を帯びていた。他のふたりも小袖に袴だが、ひとりは牢人かも知れない。総髪で、黒鞘の大刀を一本だけ落とし差しにしている。

嘉造と与次郎は、店に押し入ってきた男たちが、何者かすぐに分かった。ちかごろ、江戸市中を騒がせている白狐党と呼ばれる盗賊である。白狐の面をかぶった武士集団で、手引きする町人が何人かいると言われていた。

「おれたちのことを知っているなら、話は早い。……命が惜しかったら、言われたとおりやることだな」

土間にいた大柄な武士が、くぐもった声で言った。

すると、牢人と小袖に袴姿の長身の武士が刀を抜き、町人ふたりとともに土間と両替場にいた梅吉や嘉造たちに近付いた。

ヒイイッ！

突然、梅吉が喉の裂けるような悲鳴を上げ、くぐり戸をあけて外へ飛び出そうとした。牢人と武士の手にした刀を見て、斬られると思ったのかもしれない。

「騒ぐな！」

牢人が手にした刀を一閃《いっせん》させた。一瞬の太刀捌《さば》きである。

ザクリ、と梅吉の肩から背にかけて着物が裂け、血飛沫《ちしぶき》が飛んだ。梅吉はよろめき、大戸に肩から突き当たった。

梅吉は両手を大戸に当てて体を支えようとしたが、ズルズルと腰から沈むようにへたり込んだ。肩から噴出した血が、小桶で撒いたように大戸に飛び散り、赤い筋を引いて流れ落ちていく。

「われらは、殺生を好まぬ。……おとなしくすれば、斬るつもりはない」

大柄な武士が、縄をかけろ、と一味の者たちに指示した。どうやら、この武士が一味の頭格らしい。

武士ふたりと町人ふたりが、嘉造、与次郎、利吉の三人の両腕を後ろにとって縄をかけた。

「猿轡《さるぐつわ》も、かませろ」

大柄な武士の声で、ふたりの町人が与次郎と利吉だけに、猿轡をかました。初めからそのつもりだったらしく、ふたりは猿轡に使う手拭いも用意していた。

「番頭、この店の家族はどこにいる」

大柄な武士が訊《き》いた。

「に、二階に……」

嘉造が、声を震わせて言った。

あるじの勘兵衛《かんべえ》、女房のおうめ、長女のおよし、長男の菊太郎《きくたろう》の四人家族だという。

「奉公人は？」

「手代と丁稚が、他にひとりずつ……」

嘉造が、手代の栄助《えいすけ》は手代部屋に、丁稚の三吉《さんきち》は台所にいるはずだと口にした。

「手筈どおり、店の者たちを縛ってこい」

大柄な武士が、その場にいた五人の仲間に声をかけた。

それから一刻（二時間）ほど後——。両替場には、縄を掛けられた嘉造、与次郎、あるじの勘兵衛の三人の姿があった。

大柄な武士を除いた五人の賊が店内をまわり、手代と丁稚、それに二階の部屋にいた勘兵衛たち家族を縛り上げ、嘉造たち三人だけ両替場に連れてきたのである。

両替場の隅に置かれた行灯《あんどん》が、六人の賊と嘉造たち三人を照らし出していた。六人の長い影が土間の先まで伸びている。

「金はどこにある」

大柄な武士が、あるじの勘兵衛に訊いた。

「そ、そこの、帳場机の後ろに……」

勘兵衛が声を震わせて言った。

大柄な武士は、その場にいた一味の男たちに持ってくるよう指示した。

男たちは、帳場机の後ろにあった百両箱、丁銀箱、小銭箱などを運んできた。それぞれに、小判、丁銀、小銭などが入っていた。店にきた客の両替の際にやり取りされた金銭であろう。まとめても、たいした金額でないようだ。

「あるじ、おれたちを愚弄する気か」

言いざま、大柄な武士が刀を抜き、切っ先を勘兵衛の首筋に当てて軽く引いた。

ヒイッ！

勘兵衛は悲鳴を上げ、目を剝いて首を伸ばした。

首筋に血の線が浮き、血が幾筋も流れ落ちた。赤い簾《すだれ》のようである。

「この店の金は、どこにある」

大柄な武士が、勘兵衛を見すえて訊いた。

「う、内蔵に……」

勘兵衛は首を伸ばしたまま言った。顔が血の気を失い、体が激しく顫《ふる》えている。

「案内しろ」

大柄な武士は、刀を下ろした。

「ば、番頭さん、か、鍵を……」

勘兵衛が言うと、嘉造が顫えながら帳場机の後ろの小簞笥《こだんす》から鍵を取り出した。

町人ひとりと長身の武士を残し、大柄な武士たちは勘兵衛と嘉造を連れて、帳場の脇の廊下を通って奥へむかった。

それから、半刻（一時間）ほど後、六人の賊は二つの千両箱と丁銀箱を手にし、両替場に集まった。

六人の賊は、あらためて勘兵衛や嘉造の足を縛り、猿轡をかました後、

「ありがたいと思え。おまえたちは、生かしておいてやる」

大柄な武士が、目を細めて言った。笑ったらしい。

「引き上げるぞ！」

六人の賊は、勘兵衛たちをその場に残し、表のくぐり戸から外へ出ていった。

2

庭の梅の花が、朝陽に白くかがやいている。いい日和だった。庭を渡ってきた微風《そよかぜ》には、春の訪れを感じさせる暖かさがあった。

五ツ（午前八時）過ぎである。青井市之介《あおいいちのすけ》は、縁先に立つと、

「暇だなァ。梅も見飽きたし……」

そうつぶやいて、大きな欠伸《あくび》をした。

市之介は二十六歳、青井家の当主である。二百石取りの旗本だが、非役のためこれといった仕事はなく、連日暇を持て余していた。

……庭に出て、木刀の素振りでもするか。

市之介が立ち上がって、庭に出ようとしたとき、後ろの障子があいた。姿を見

せたのは、母親のつるである。

「市之介、茶がはいりましたよ」

つるは、湯飲みをふたつ載せた盆を手にしていた。ひとつは、自分の湯飲みらしい。

つるは四十代後半、名前に似て、色白で首が長くほっそりしていた。性格はおっとりして、物言いもやわらかい。夫の四郎兵衛《しろべえ》が四年前に亡くなり、いまは寡婦だった。

青井家は三人家族だった。市之介とつる、それに、十七になった妹の佳乃《よしの》がいる。

「ありがたい、ちょうど喉が渇いていたところだ」

市之介は、縁先に座りなおした。

「梅が、綺麗ですねえ」

つるが目を細めて言った。

「鶯《うぐいす》でも来て、ひと鳴きしてくれると、風情があるのですが……」

そう言って、市之介は茶をすすった。

「昨日、鶯が鳴いてましたよ」

「そうですか」

「いい声でしたよ。……ねえ、市之介、亀戸《かめいど》の梅屋敷に梅観にいかないかい」

つるが、身を乗り出すようにして言った。

亀戸天神《かめいどてんじん》の近くに、梅屋敷と呼ばれる梅園があった。臥龍梅《がりゅうばい》と呼ばれる古木が、有名である。

……今度は、梅観か。

と、市之介は胸の内でつぶやいた。

つるも市之介と同じように、暇を持て余しているのだ。それで、花見だ、夕涼みだ、紅葉狩《もみじが》りだと、それらしい話になると、すぐに遊山《ゆさん》に行きたがる。

市之介は母親と妹のお供をして遊山には行きたくないし、それに出費が馬鹿にならないのだ。

青井家は、二百石だが内証は苦しい。二百石の旗本となると、侍をはじめ、槍持ち、馬の口取り、甲冑《かっちゅう》持ち、小荷駄持ちなど五人ほどの奉公人を雇い、馬一頭を飼わねばならない。ところが、青井家の奉公人は、中間《ちゅうげん》の茂吉《もきち》、通いの女中のお春《はる》、飯炊きの五平《ごへい》がいるだけである。厩《うまや》はあったが、いまは物置になっている。

青井家は用人《ようにん》も若党も雇っていなかったので、家のやりくりも市之介の仕事だった。もっとも、市之介は札差《ふださし》から受け取る金をちびちび使うだけで、これといった節約をするわけでもない。

つるは、大身《たいしん》の旗本の家に生まれ育ったこともあり、金には頓着しなかった。

「梅観もいいが、亀戸まで遠いですよ。……まだまだ寒いし、母上に風邪でもひかせては、大変です」

市之介が、もっともらしい顔をして言った。

「今日のように暖かい日なら、風邪などひきませんよ」

「そうだ、花見にしましょう。……暖かくなってから御殿山《ごてんやま》か向島《むこうじま》辺りに、佳乃も連れて三人で」

市之介は、桜の咲くころになったら、また何とかごまかせばいいと思った。

高輪《たかなわ》に近い御殿山と向島の墨堤《ぼくてい》は、江戸市民に桜の名所として知られていた。

「……桜にしようかねえ」

つるが、おっとりした声で言ったときだった。

玄関の方から縁先に近付いてくる足音が聞こえた。姿を見せたのは、茂吉である。

「どうした、茂吉」

すぐに、市之介が訊いた。

茂吉は中間だったが、市之介が非役だったため、供をして屋敷を出ることは滅多になかった。ふだんは、下男のように使い走りをしたり、庭の手入れなどをしている。

茂吉は父の代から、青井家に仕えている。五十がらみで、短軀だった。猪首《いくび》で、顔が妙に大きい。げじげじ眉で、厚い唇。いかにも、性悪そうな顔付きだが、気のやさしい男である。

「旦那さま、また、狐が出やしたぜ」

茂吉が、声を大きくして言った。

通常、旗本は殿さまと呼ばれるが、茂吉は市之介を旦那さまと呼んでいた。ときには、旦那、と気安く呼ぶこともある。

旗本とはいえ、青井家は御家人と変わらない質素な暮らしぶりだし、茂吉も殿さまとは呼びづらかったのかもしれない。それに、市之介は、旦那さまと呼ばれても、まったく気にしなかった。

「狐だと」

思わず、市之介が聞き返した。

つるも、驚いたような顔をして茂吉に目をやっている。

「白狐党でさァ。両替屋に、押し入ったようで」

「白狐党か」

市之介は、白狐党のことを知っていた。知っていたといっても、巷《ちまた》の噂を耳にした程度である。

「ひとり、殺《や》られたそうですぜ」

茂吉が顔をしかめて言った。

「町方でもないし、おれが行くこともないが……」

そう言いかけたが、市之介は、待てよ、暇潰しにはいいぞ、と思った。屋敷を出るいい口実になる。

「旦那さま、行かねえんですかい」

茂吉が急《せ》かせるように言った。

「いや、行かねばなるまい。……白狐党は、武士集団だと聞いているのでな。放っておくわけにはいかない」

放っておいても、まったく差し障りないのだが、市之介は、屋敷を出るためにそう言ったのだ。

「場所はどこだ」

市之介が訊いた。

「伊勢町の吉田屋でさァ。あっしが、案内しやすぜ」

茂吉が勢い込んで言った。

茂吉も、市之介やつると同じように暇を持て余しているのだ。庭の草取りや植木の手入れをするより、市之介の供をして出歩く方が、気が晴れるのだろう。

3

「旦那、あそこだ」

茂吉が通りの先を指差して言った。

いつの間にか、旦那さまが旦那になっている。市之介は、渋い顔をしたが黙っていた。人通りの多い町中で、呼び方をとやかく言っても仕方がない。

そこは、伊勢町の表通りだった。両替屋らしい店先に、人だかりができていた。野次馬が多いようだが、八丁堀《はっちょうぼり》同心や岡っ引きらしい男の姿もあった。八丁堀同心は、小袖を着流し、羽織の裾を帯に挟む巻き羽織と呼ばれる独特の恰好をしているので、遠目にもそれと知れる。

「糸川《いとかわ》さまも来てやす」

茂吉が言った。

糸川俊太郎《しゅんたろう》は、幕府の御徒目付《おかちめつけ》だった。これまで、市之介は糸川とともに幕臣の起こした多くの事件にかかわってきた。

御徒目付の役目は、主に御家人の監察糾弾だが、ときには幕臣の起こした事件の探索や捕縛にもあたる。

非役の市之介が、糸川とともに幕臣の起こした事件にあたるのは、それなりの理由があった。

市之介は家を継ぐ前、心形刀流《しんぎょうとうりゅう》の伊庭《いば》道場に通っていたが、糸川とは同門だった。兄弟弟子という関係にくわえ、糸川を支配している御目付の大草主計《おおくさかずえ》は、市之介の伯父であった。大草は、つるの兄である。

そうしたかかわりで、市之介は、糸川に手を貸すことがあったのだ。

大草家は、千石の大身だった。しかも、つるの父親である大草与左衛門《よざえもん》は、御《お》側衆《そばしゅう》まで出世した。ちなみに、御側衆の役高は五千石である。つるは、五千石の実入りのある旗本の家に生まれ育ったのだ。つるが金に頓着しないのは、そのせいである。

糸川のそばに、佐々野彦次郎《さ さ の ひこじろう》が緊張した面持ちで立っていた。佐々野は、糸川の配下の御小人目付《おこびとめつけ》である。彦次郎は、御小人目付になったばかりだった。まだ若く、二十歳前である。

糸川は市之介を目にすると、

「青井か、よく来たな」

と、小声で言った。

糸川は二十代後半。大柄で胸が厚く、どっしりした腰をしていた。眉が濃く、眼光がするどい。武辺者らしい面構えである。

「白狐党と聞いてな。様子を見にきたのだ」

市之介は、暇潰しに来たとは、言えなかったのである。

「おれも、白狐党は武士集団と聞いているのでな。町方だけにまかせておけない、と思ったのだ」

そう言って、糸川はあいている大戸の間から、店内に目をやった。

土間や両替場に、何人もの男たちがいた。店の奉公人、岡っ引きや下っ引き、それに町奉行所の同心が三人いた。そのなかに、野宮清一郎《のみやせいいちろう》の姿もあった。白狐党と聞いて、南北の奉行所の捕物にかかわる同心が駆け付けたようだ。

野宮は、北町奉行所の定廻《じょうまわ》り同心だった。市之介は、野宮と事件の現場で何度か顔を合わせたことがある。糸川も、野宮のことはよく知っているはずだ。

「どうする、覗いてみるか」

市之介が言った。

「せっかく来たのだ。町方の邪魔をしないように、話を聞いてみよう」

商家を襲った盗賊の探索や捕縛にあたるのは、本来町奉行所や火盗改《かとうあらため》などである。幕府の目付筋の者が、あたるべき事件ではない。

「ちょいと、通してくんな」

茂吉が前に出て、戸口近くに集まった野次馬たちを分けて道をあけさせた。茂吉は岡っ引きにでもなった気になっている。

市之介たちは、土間に入った。そこは、薄暗かった。両替場にいた野宮が、市之介たちを目にし、「糸川どのたちか」と小声で言っただけで、他のふたりは何も言わなかった。野宮の知り合いの火盗改とでも思ったのかもしれない。

「おい、そこに、ひとり殺されているぞ」

糸川が小声で言った。

見ると、男がひとり、土間に尻餅をつき、大戸に身をもたれかけるようにして死んでいた。男は血塗《ちまみ》れだった。土間と大戸も、どす黒い血に染まっている。まだ十二、三歳であろうか。その丸顔に、子供らしさが残っていた。丁稚であろう。

「袈裟に、一太刀だ」

市之介が言った。

「武士の手にかかったとみていいな」

と、糸川。

「それも、遣い手だぞ」

狭い店のなかで、袈裟に一太刀で仕留めるのはむずかしい。かなりの遣い手とみていいだろう。

「この男は？」

市之介が、そばにいた岡っ引きらしい男に小声で訊いた。

「丁稚の梅吉でさァ」

男によると、殺されたのは梅吉ひとりだという。

それから、市之介たち三人は、店の奉公人や岡っ引きなどからそれとなく話を聞き、昨夜の様子があらかた分かった。

暮れ六ツの鐘が鳴った後、梅吉が表の大戸をしめているときに、客を装って町人がふたり店に入り、その後、武士が四人押し入ってきたという。盗賊一味は六人で、四人の武士はいずれも白狐の面をかぶっていた。梅吉は、逃げようとしたために賊のひとりに斬り殺されたそうだ。

奪われた金は千七百両あまり、内蔵にしまってあった金をごっそり持っていかれたという。

市之介たちは、半刻（一時間）ほど店のなかで話を聞いてから外に出た。

「手口は、大松屋《だいまつや》とほぼ同じだな」

店先から離れたところで、糸川が言った。

大松屋は、日本橋本町《ほんちょう》にある薬種問屋だった。三月ほど前、白狐党に押し込まれ、千三百両ほどの大金を奪われたのだ。そのとき、殺されたのは、手代ひとりだと聞いている。また、賊は六人だったという。

「奉公人がすくなく、しかも金のありそうな店を狙ったようだ」

市之介が言った。

呉服屋、太物問屋、廻船問屋などの大店は奉公人が多いので、店にいる奉公人を残らず縛り上げて金を奪うわけにはいかないのだろう。それで、奉公人がすくなく、金の有りそうな店を狙ったらしい。

「糸川、どうする。白狐党の探索にあたるのか」

市之介が訊いた。

「いまは、動けん。上からのお指図があってからだな」

上からというのは、御目付の大草のことである。

「そうだな」

市之介も、いまから事件の探索にあたることはないと思った。

「どうだ、そばでも食わんか」

糸川が、市之介と彦次郎に目をやって訊いた。

「そうしましょう」

すぐに、彦次郎が声を上げた。腹がへっていたらしい。

4

「梅が散ってますよ」

つるが、庭の梅の木に目をやって言った。

見ると、ハラハラと梅が散っている。花びらが地面にひろがり、白い斑模様《まだら》を作っていた。

市之介は朝餉《あさげ》の後、座敷でくつろいでいたが、春らしい陽射しに誘われて縁側に出てきたのだ。市之介につづいて、つるも縁側に出てきたのである。

「だいぶ、春らしくなってきました」

市之介が言った。

「梅の次は、桜だねえ。御殿山か、川向こうの墨堤か……。市之介、楽しみだねえ」

つるが、目を細めた。どうやら、市之介が花見にしよう、と言ったのを覚えていたらしい。

「桜は、まだですよ」

市之介は、そのうち忘れるだろうと思った。

そのとき、廊下をせわしそうに歩く足音がし、座敷に佳乃が入ってきた。

「兄上、見えてますよ」

佳乃が、市之介の顔を見るなり言った。佳乃はおっとりした母親のつるとちがって、せっかちなところがある。

佳乃の色白のふっくらした頰が紅潮し、桃色に染まっていた。体付きも、つるとはちがう。太っているというほどではなかったが、佳乃は肉付きがよく、胸も豊かだった。

「だれが、見えたのだ」

市之介が訊いた。

「小出《こいで》さまです」

小出孫《まご》右衛《え》門《もん》は、伯父の大草に仕える用人である。

「上がってもらったのか」

「客間に案内しました」

「何の用かな」

市之介は、客間にむかった。

つると佳乃も、すました顔をして市之介の後についてきた。

小出は客間に座していた。つるは、小出と顔を合わせると、挨拶の言葉をかわした後、茶を淹《い》れましょう、と言って、佳乃を連れて客間から出ていった。小出は、市之介に用件があって来たと分かったからであろう。

「青井さま、お久し振りでございます」

小出は、あらためて市之介に頭を下げた。

大柄で赤ら顔。肌には艶《つや》があり、老人らしい肝斑《しみ》や皺《しわ》はなかった。還暦にちかいはずだが、矍鑠《かくしゃく》として老いは感じさせなかった。

「小出、息災そうだな」

「青井さまもお元気そうで、なによりです」

小出が目を細めて言った。

「それで、用件は」

市之介が訊いた。

「殿から、青井さまを屋敷にお呼びするよう、仰せつかってまいりました。それがしと御同行願えますか」

「伯父上の用件か」

「はい」

「ならば、行かねばなるまい」

市之介は、大草の呼び出しを断ることができなかった。口うるさい伯父だが、何かと青井家に援助してくれていたのだ。

「では、これより」

小出は、腰を浮かせようとした。

「せっかくだ。茶でも、飲んでいけ。……いま、母が茶を淹れているはずだ」

茶を淹れるのは、女中のお春であろう。つるは、運ぶだけだが、市之介はそう言ったのである。

「では、茶を馳走になってから」

小出は座りなおした。

市之介は小出が茶を飲んでいる間に、羽織袴に着替えた。大草家を訪問するには、旗本らしい身支度をととのえねばならない。

「出かけるか」

市之介は、小出とともに屋敷を出た。

大草家の屋敷は、神田小川町《かんだおがわまち》にあった。市之介の屋敷は御徒町《おかちまち》なので、神田川沿いの道に出て昌平橋《しょうへいばし》を渡れば、すぐである。

大草家は、門番所付きの長屋門を構えていた。屋敷も、千石の旗本に相応《ふさわ》しい豪壮な造りである。

「こちらへ」

小出が、市之介を屋敷の奥の書院に通した。大草は市之介と話すとき、その座敷を使うことが多かった。

小出が座敷を出ると、入れ替わるように、大草が姿を見せた。大草は小紋の小袖に、角帯というくつろいだ恰好だった。早目に下城し、着替えたのであろう。

「市之介、変わりないか」

大草は腰を下ろすと、すぐに訊いた。

歳は五十がらみ、つるに似て瘦せていた。すこし、背がまがり、歳より老けて見える。それでも、細い目には能吏《のうり》らしい鋭いひかりが宿っていた。

「はい、伯父上も、息災そうでなによりでございます」

市之介は丁寧な物言いをした。

「つると佳乃は、どうだな」

「ふたりとも、元気に暮らしております」

「そうか、そうか」

大草が、顔をほころばせた。

「伯父上、どのようなご用件でございましょうか」

市之介が訊いた。

「おりいって、市之介に頼みがあるのだ」

大草は顔の笑みを消すと、

「市之介、白狐党を知っておるな」

と、鋭い目を市之介にむけて訊いた。伯父の顔から、御目付のそれに変わっている。

「はい、噂だけは……」

市之介は、吉田屋へ出かけ白狐党のことで聞き込んだことは口にしなかった。大草の用件が、はっきりしなかったからである。

「一味の者は、武士らしいな」

「そんな噂もございます」

「しかも、徒牢人《いたずらろうにん》ではないようだ」

「……」

まだ、はっきりしないが、一味のなかには、禄《ろく》を食《は》んでいる武士がいるかもしれない。

「旗本か御家人が、一味にくわわっているとすれば、ゆゆしきことだ」

大草が語気を強くして言った。

「いかさま」

「それでな、市之介に手を貸してもらいたいのだ」

「手を貸せとは？」

「また、糸川たちと、探索にあたってくれ」

大草が、市之介を見すえて言った。

「伯父上、それがしは、目付ではございません」

市之介は、きっぱりと言った。

探索にあたれと言われても、簡単には引き受けられない。命懸けの仕事なのである。

「市之介、おまえは二百石を食んでおるな」

「はい」

「二百石の扶持を得ておるが、何のご奉公もしておらんではないか」

大草の声が権高になった。

「非役でございますから、奉公したくてもできないのでございます」

いつものやり取りだった。大草は、すぐに市之介が何の奉公もしていないことを持ち出す。市之介にしてみれば、相応の役職に就いて奉公したいのだ。ところが、役職を与えずに遊ばせておくのは、公儀である。

「まァ、そうだが……」

めずらしく、大草が言葉につまった。

市之介は、すこし言い過ぎたかな、と思ったが、ここで下手に出たくなかった。いつも、伯父に利用され、危ない橋を渡らせられているのである。

大草は渋い顔をして、いっとき口をひき結んでいたが、

「わしは、おまえが五百石ほどのお役目につけるよういろいろ手を打っているのだが、こればっかりは、なかなか」

と言って、視線を膝先に落とした。

「……」

市之介は、大草からその話も何度か聞いていたが、一向に実現しそうにない。最近は、口だけではないかと、疑っている。

「よし、分かった。……いつものように、手当を出そう」

大草が声を大きくして言った。

「お手当が、いただけるのですか」

市之介の目尻が下がった。手当なら、まちがいない。

「これまでと同じ、百両で、どうだ」

「百両！」

思わず、市之介は身を乗り出した。大草から百両の手当をもらうのは、初めてではなかった。百両あれば、当分金の心配はしないで済む。つるの花見の話も、気にすることはない。

「よいな」

「結構でございます。……さっそく、糸川どのたちと、探索にとりかかります」

市之介は深々と頭を下げた。

5

「青井、手を貸してくれるそうだな」

糸川が言った。

今朝の五ツ（午前八時）ごろ、糸川が市之介の家に姿を見せた。そして、薬種問屋の大松屋に、聞き込みに行くのでいっしょに行かないか、と誘ったのだ。大松屋は、三月ほど前に、白狐党に押し入られた店である。

糸川は大草から、市之介も白狐党の探索に当たることを聞いたらしい。

「伯父上には、逆らえんからな」

市之介は、百両の手当をもらったことは伏せておいた。

「青井もいっしょなら心強い。……なにせ、相手は白狐党だからな」

「それで、何かつかめたのか」

市之介が訊いた。

吉田屋に白狐党が押し入って十日ほど過ぎていた。すでに、糸川は配下の御小人目付に命じて、白狐党を探っているはずである。

「知れたのは、一味は六人で、そのうち四人が武士、ふたりが町人らしいということだけだ。……武士のうち、ひとりは牢人のようだ」

糸川が歩きながら言った。

ふたりは、御家人や小身の旗本屋敷のつづく御徒町の通りを南にむかって歩いた。神田川にかかる和泉橋《いずみばし》を渡って、日本橋に出るつもりだった。

「旗本や御家人もいるのか」

「はっきりしないが、いるとみた方がいいな。吉田屋の番頭の話だと、羽織袴姿の武士が二人いたそうだ」

「うむ……。吉田屋で奪った金は、千七百両ほどだと聞いているが、いったい何に使うつもりかな」

市之介は、千七百両もあれば、一生金の心配はしなくて済むのではないかと思った。

「分からんな」

糸川は、素っ気なく言った。

ふたりは和泉橋を渡り、柳原《やなぎわら》通りに出た。柳原通りは、神田川沿いに浅草御門《あさくさごもん》の辺りから筋違御門《すじかいごもん》の辺りまでつづいている。通り沿いに、古着を売る床店が並んでいることで知られ、人通りも多かった。様々な身分の老若男女が行き交っている。

ふたりは、柳原通りを横切り、日本橋の町筋をたどって中山道《なかせんどう》に入った。中山道を日本橋の方へむかえば、日本橋本町に出られる。

日本橋本町へ入って間もなく、

「あの店だ」

糸川が通りの右手を指差して言った。

土蔵造りの二階建ての店である。脇に、大きな立て看板があった。「薬種、大松屋、喜宝丸《きほうがん》」と記されている。喜宝丸の文字だけが大きい。大松屋で売り出した癪《しゃく》に効くという薬である。

繁盛している店らしく、何人もの客が出入りしていた。頭を丸めた町医者らしい男の姿もある。

市之介と糸川は、大松屋の暖簾《のれん》をくぐった。土間の先に売り場があり、手代らしい男が薬袋を手にして客となにやら話していた。左手には、薬種を入れた引き出しが並び、正面の奥では薬研《やげん》を使っている奉公人の姿があった。

市之介と糸川が土間に立つと、

「いらっしゃいまし」

痩身の男が、愛想笑いを浮かべて近付いてきた。手代らしい。市之介たちを客と思ったようだ。

「白狐党のことで、訊きたいことがある」

糸川が手代に身を寄せ、小声で言った。

「お、お待ちくださいい」

手代は、慌てた様子で右手の帳場にいた番頭らしい男のそばに行き、何やら話した。

すぐに、番頭らしい男は立ち上がり、腰をかがめてあがり框のそばに来た。

「番頭の蓑蔵《みのぞう》でございます」

蓑蔵が、揉み手をしながら言った。

「われらは、白狐党を探っている公儀の者だ。……白狐党のことで、訊きたいことがある」

糸川は、幕府の目付筋であることは口にしなかった。

「火盗改の方でしょうか」

蓑蔵が、小声で訊いた。

糸川は公儀の者といったが、番頭は八丁堀同心でないなら、火盗改であろうと推測したようだ。

糸川は答えず、

「白狐党を目にしている者に、訊きたい」

と、蓑蔵を見すえて言った。

「手前も、賊を見ておりますが」

「ならば、番頭が話してくれ」

「どうぞ、お上がりになってくださいまし。店先では、話しづらいこともございます」

蓑蔵は、市之介と糸川を売り場に上げ、帳場の脇の廊下を入ってすぐのところにあった座敷に連れていった。

そこは、上客と商談をするための座敷らしかった。六畳のこぢんまりした座敷である。

市之介たちが、座敷に腰を落ち着けると、

「まず、賊が入ったときの様子から話してくれ」

糸川が切り出した。

「暮れ六ツ（午後六時）の鐘が鳴り、丁稚の助吉《すけきち》が表戸をしめ始めてすぐでした」

そう前置きし、蓑蔵がそのときの様子を話した。

吉田屋で、奉公人から聞いた話とほとんど同じだった。白狐党は、同じ手口で大松屋にも押し入ったらしい。

「殺されたのは、手代だそうだな」

糸川が水をむけた。

「はい、成次郎《まさじろう》が逃げようとして、牢人ふうの男に斬られました」

蓑蔵が、そのときの様子を話したが、吉田屋の丁稚の梅吉が斬られたのとそっくりである。

蓑蔵の話によると、賊は六人で、そのうち四人が武士体だったという。町人ふたりは頬っかむりし、武士四人は白狐の面をかぶって顔を隠していたそうだ。また、奪われた金は、千三百両ほどだという。

「六人の賊のことで、何か気付いたことはないか」

糸川が、声をあらためて訊いた。

「……先に入ってきた町人のひとりですが、頬に傷がありました」

蓑蔵によると、その男は痩身ですこし猫背だったという。

「どんな傷だ」

すぐに、糸川が訊いた。

「刀傷のように見えましたが、頬っかむりしていたので、はっきりしません」

「他に、何か気付いたことは？」

「大柄な武士が、一味の頭のように見えました」

「そうか」

糸川が、ちいさくうなずいた。そのことも、吉田屋で耳にしていたのである。

糸川と蓑蔵のやり取りがとぎれたとき、

「町方も、調べに来ただろうな」

と、市之介が訊いた。これだけの事件なら、南北の奉行所が躍起になって白狐党を追っているはずである。

「はい、八丁堀の旦那や親分さんたちが、何度もお見えになりました」

蓑蔵の顔に、困惑の色が浮いた。

親分とは、岡っ引きのことである。店に、八丁堀同心や岡っ引きたちが、何度も話を訊きにきたのであろう。

「いずれにしろ、早く白狐党を捕らえねばな。大松屋としても、安心して商売に励めまい」

糸川が言った。

「はい、白狐党が捕らえられるまでは、安心できません」

蓑蔵が、糸川と市之介に訴えるような目をむけた。

6

「旦那さま、旦那さま」

縁先で、茂吉が市之介を呼んでいる。何かあったのか、茂吉の声に昂《たかぶ》ったひびきがあった。

市之介は朝餉を終えて、縁側に面した座敷にもどったところだった。遅い朝餉で、陽はだいぶ高くなっている。

市之介は縁側に出ると、

「どうした」

と、すぐに訊いた。

「だ、旦那さま、殺られやした」

茂吉が声をつまらせて言った。

「だれが、殺られたのだ」

「八丁堀の旦那でさァ」

「野宮どのか」

市之介の脳裏に、北町奉行所の野宮清一郎の顔がよぎった。

「野宮の旦那じゃァねえらしい。……北の御番所（奉行所）の繁田《しげた》久之助《ひさのすけ》さまと聞きやした」

茂吉が、通りかかった知り合いのぼてふりから聞いたことを言い添えた。

「繁田な……」

市之介は、繁田という男を知らなかった。ただ、事件の現場で、顔を見たことはあるかもしれない。

「旦那、すぐに行きやしょう」

茂吉が勢い込んで言った。

旦那さまが、旦那になっている。茂吉は、岡っ引きにでもなったつもりなのかもしれない。どういうわけか、茂吉は捕物好きだった。もっとも、庭の草取りをしたり、使い走りをしたり、下男のような仕事をするより、市之介の供をして出歩く方がおもしろいのだろう。

「おれが、行くこともないが……」

市之介が、気乗りのしない声で言った。

「旦那、いいんですかい。繁田さまは、白狐党を探っていて殺されたにちげえねえ。そうなると、下手人は白狐党ってえことになりやすぜ」

茂吉が目をひからせて言った。

「……行ってみるか」

市之介は、茂吉の言うとおりだと思った。

「場所は？」

「橘町《たちばなちょう》の汐見橋《しおみばし》のそばだそうで」

汐見橋は、浜町堀《はまちょうぼり》にかかる橋である。市之介の家から、そう遠い場所でない。神田川にかかる新《あたら》シ橋を渡り、日本橋の町筋を南にむかえば、浜町堀沿いの通りに出られる。

市之介は座敷にもどって羽織袴姿に着替え、二刀を帯びて表門から出た。浜町堀沿いの道に出て、いっとき歩くと、前方に汐見橋が見えてきた。汐見橋の先、浜町堀の左手にひろがっている町人地が橘町である。

橋のたもと近くまで来たとき、

「旦那、あそこですぜ」

と、茂吉が前方を指差して言った。

堀沿いに、人だかりができていた。通りすがりの者や近所の住人が多いようだが、岡っ引きや八丁堀同心の姿もあった。

「野宮どのも来ている」

市之介は、人垣のなかに野宮の姿があるのを目にとめた。

人垣に近付くと、また茂吉がしゃしゃり出て、

「前をあけてくんな。お調べだ」

と、声をかけた。

茂吉の声で人垣が割れ、道をあけた。羽織袴姿の市之介を、奉行所の隠密廻り同心か火盗改とでも思ったのだろう。隠密廻りは、探索のために身装を変えることがあった。羽織袴姿の市之介を隠密廻りと思っても不思議はない。

人垣のなかほどに野宮は、立っていた。顔が、悲痛の翳《かげ》におおわれている。

野宮は、市之介に気付くと、

「見てくれ、定廻りの繁田だ」

と言って、足元の叢《くさむら》を指差した。

堀際の叢のなかに、男がひとり仰臥《ぎょうが》していた。八丁堀ふうに黄八丈の小袖を着流し、巻羽織という恰好である。

市之介は野宮に近付き、横たわっている繁田に目をやった。

「こ、これは！」

思わず、市之介が声を上げた。

凄絶な死顔だった。繁田は、顔を縦に斬り割られていた。顔面がどす黒い血に染まり、カッと瞠《みひら》いた両眼が、白く浮き上がったように見えた。首から胸にかけても、血塗れである。

繁田は、右手に十手《じって》を握っていた。下手人と闘おうとしたのかもしれない。

「真っ向に、一太刀か――」

繁田は、正面から真っ向に顔面を斬り下げられていた。

「白狐党の手にかかったとみていい」

野宮が低い声で言った。

「下手人は、遣い手だな」

下手人は、繁田の正面から一太刀に仕留めたのである。遣い手でなければ、できないだろう。

「繁田は、手先を連れ、白狐党を探りにいった帰りに殺られたらしい」

「手先も、殺られたのか」

「殺されたのは、御用聞きの猪八《いはち》だ」

野宮が、堀沿いの道を指差した。

三十間ほど先の堀際にも、人だかりができていた。そこには、岡っ引きや下っ引きの姿が多かった。

「猪八も、見せてもらうぞ」

市之介は、野宮に声をかけてからその場を離れた。

茂吉は、岡っ引きのような顔をして市之介についてきた。

猪八は叢に横臥していた。顔が苦痛にゆがんでいる。猪八は、背後から袈裟に斬られていた。近くの叢に、血が飛び散っている。深い傷で、ひらいた傷口から截断《せつだん》された鎖骨が覗いていた。

……背後から一太刀か。

猪八は、繁田を斬った下手人とは別人の手にかかったようだ。おそらく、下手人は逃げる猪八に後ろから迫り、袈裟に一太刀浴びせたのだろう。

その強い斬撃からみて、剛剣の主のようだ。下手人は、白狐党の武士のなかのひとりにちがいない。

市之介が猪八に目をやっていると、背後に近付いてくるひとの気配を感じた。振り返ると、糸川と彦次郎が人垣を分けながらやってくる。

「青井か。早いではないか」

糸川が、市之介に身を寄せて言った。

彦次郎は市之介と顔を合わせると、ちいさく頭を下げた。

「町方の同心が、斬られたと聞いて来てみたのだ」

市之介は、北町奉行所の繁田と岡っ引きの猪八が殺されたことをかいつまんで話した。

糸川が猪八の死体に目をやりながら、

「同心が殺られたのか」

と、けわしい顔をして言った。

「町方同心も、容赦しないということだな」

「殺ったのは、白狐党の者か」

糸川が、声を低くして訊いた。

「そうらしい」

「遣い手のようだ」

糸川が猪八の傷に目をやって言った。糸川も心形刀流の遣い手なので、刀傷を見て相手の腕のほどを見抜く目を持っている。

糸川と彦次郎はいっとき猪八の死体に目をやった後、「繁田も見てくる」と言い残し、その場を離れた。

すると、茂吉が市之介のそばに身を寄せ、

「旦那、あっしが、近所で聞き込んでみやしょうか」

と、声をひそめて言った。

「御用聞きたちが、聞き込んでいるはずだぞ」

市之介は、気乗りがしなかった。野宮たちが、町奉行所の威信にかけて探索にあたるはずである。

「旦那、白狐党のことは町方にまかせて、手を出さねえつもりですかい」

茂吉がむきになって言った。

「い、いや、そんなつもりはないが……」

大草から百両もらっていたし、糸川たちの手前もある。白狐党の探索から手を引くことはできない。

「繁田の旦那たちが、殺られるところを見たやつがいるかもしれねえ。……うまくすりゃァ、狐の尻尾がつかめやすぜ」

茂吉が、目をひからせて言った。腕利きの岡っ引きらしい顔付きである。

「やってみろ」

市之介は、茂吉にまかせようと思った。

「ヘッヘヘ……。ちょいと、鼻薬を利かせると、訊かねえことまでしゃべるんですがね」

茂吉が薄笑いを浮かべて言った。

「そうだった。……聞き込みには、鼻薬がいるな」

市之介は財布を取り出すと、一分銀を二枚、茂吉に握らせてやった。これまでも、市之介は茂吉を探索に使うとき、手当てを渡していたのだ。それに、いまは大草からの手当てで懐が暖かく、気持ちも大きくなっている。

「ありがてえ。……ちょいと、近所をまわってきやすぜ」

茂吉が、ニンマリして言った。


市之介が御徒町の屋敷にもどり、暮れ六ツ（午後六時）の鐘の音を耳にしてから、茂吉が帰ってきた。

茂吉は市之介の顔を見るなり、

「旦那、繁田の旦那たちが襲われたのを、見たやつがいやしたぜ」

と、得意そうな顔をして言った。

繁田と猪八が襲われたとき、近くの長屋に住むぼてふりが、汐見橋のたもとを通りかかって目にしたという。

「襲ったのは、だれだ」

市之介が訊いた。

「武士が、三人いたそうで」

羽織袴姿の武士がふたり、牢人体の男がひとりだったという。

「白狐党の三人か」

「まちげえねえ。……それに、ぼてふりが、繁田の旦那の叫ぶ声を聞いていやした」

「何を叫んだのだ」

市之介が身を乗り出して訊いた。

「イチムラか、と叫んだそうで」

「イチムラだと……。市村という名かもしれんな」

襲撃者の三人のなかに、市村という名の武士がいたのではあるまいか。繁田は、白狐党のひとりの正体をつかみ、身辺を探りにいった帰りに襲われたのかもしれない。

「茂吉、市村という武士が、橘町界隈に住んでいないか探ってくれ」

はたして、市村という名の武士が橘町界隈に住居があるか分からないが、捜してみる必要はある、と市之介は思った。

「へい！」

茂吉が、目をひからせて答えた。

第二章　手がかり

1

「兄上、お出かけですか」

佳乃が訊《き》いた。

昼食の後、市之介は糸川に探索の様子を訊いてみようと思い、屋敷を出ようとしていたのだ。

「そこまでな」

「ねえ、兄上、ちかごろ佐々野さまは、お見えになりませんけど、お体でも悪くしたのですか」

佳乃が、心配そうな顔をして訊いた。

佳乃は、若く端整な顔をしている彦次郎を好いていた。彦次郎は剣術の稽古に、市之介の家に通っていたことがあり、そのころ佳乃は彦次郎のことを意識するようになったらしい。もっとも、佳乃は若い娘が役者に憧れるように、彦次郎に思いを寄せているだけで、まだ恋と呼べるようなものではないようだ。

「体は悪くない。……佳乃、白狐党のことを聞いているな」

市之介が顔をけわしくして言った。

「は、はい」

「佐々野は、いま白狐党の探索にあたっているのだ。……いまごろ、聞き込みに歩いていることだろう」

「大丈夫かしら……」

佳乃は眉を寄せて不安そうな顔をした。

「佳乃、おれも同じだぞ」

「兄上も」

「そうだ。伯父上の依頼だ」

兄のことも、案じてほしいものだ、と市之介は思った。

「でも、兄上は大丈夫」

佳乃が市之介を見上げて言った。

「どうしてだ」

「剣術が強いから……。佐々野さまは、あまり強くないもの」

「どうかな。おれも、歯が立たないかもしれん」

そう言い残し、市之介は玄関を出た。

表門の脇のくぐりから通りに出ると、駆け寄ってくる茂吉の姿が見えた。

「だ、旦那、知れやしたぜ！」

茂吉が荒い息を吐きながら言った。だいぶ、急いで来たとみえ、顔が赭《あか》黒く紅潮し、汗が浮いている。

「何が知れた」

「市村ってえ、二本差の塒《ねぐら》でさァ」

「知れたか！」

思わず、市之介が声を上げた。茂吉が、橋町界隈に市村の居所を捜しに行くようになって四日目である。

「へ、へい、ですが、留守のようでさァ」

「橋町か」

「千鳥《ちどり》橋の近くで」

千鳥橋も、浜町堀にかかる橋である。

「これから、行ってみよう」

糸川の家に行くのは、後でもいい。ともかく、市村の住居を確かめてみよう、と市之介は思った。

市之介は茂吉を連れて、橘町にむかった。

神田川にかかる新シ橋を渡り、日本橋通りを南にむかい、浜町堀沿いの通りに出た。さらに南に歩き、汐見橋のたもとを過ぎると、前方に千鳥橋が見えてきた。

千鳥橋のたもと近くまで来ると、

「旦那、そこの八百屋の脇の路地を入《へえ》った先でさァ」

茂吉が、通り沿いにある八百屋を指差して言った。

店先の台の上に、青菜や大根が並べてあった。親爺らしい男が、大根を手にしたまま長屋の女房らしい女と話している。その八百屋の脇に、路地があった。

市之介と茂吉は、路地に入った。薄暗い路地で、小体な店や仕舞屋《しもたや》などがまばらにつづいている。

路地に入って一町ほど歩いたところで、茂吉は足をとめ、

「空き地の向かいの家でさァ」

そう言って、指差した。

路地沿いに、空き地があった。雑草や笹藪で、覆われている。その空き地の向かいに、小体な仕舞屋があった。借家らしい。表戸はしまっている。

「留守なのか」

市之介が訊いた。

「あっしが、来たときは、だれもいなかったんでさァ」

「行ってみよう」

市之介と茂吉は、通行人を装って仕舞屋に近付いた。

戸口の近くまで来たとき、市之介は家のなかで男の声がするのを耳にした。くぐもったような声である。

「だれか、いるぞ！」

市之介は茂吉に身を寄せて言い、急いで家の戸口から離れた。ここで、市村と鉢合わせするのは、まずい、と思ったのである。

市之介たちは来た道を引き返し、空き地の隅の笹藪の陰に身を隠した。

「だ、旦那、出てきた！」

茂吉が、うわずった声で言った。

見ると、仕舞屋の表戸があいて人影が出てきた。

「八丁堀の旦那だ！」

茂吉が、驚いたような顔をした。

「野宮どのではないか」

姿を見せたのは、野宮だった。手先をふたり連れている。ふたりは、岡っ引きらしかった。

「野宮どのに、話を訊いてみよう」

市之介は笹藪の陰から出ると、仕舞屋にむかった。茂吉は、後ろからついてきた。

「なんだ、青井どのではないか」

野宮は市之介を目にすると、驚いたような顔をした。

市之介は、野宮が連れていたふたりの手先に目をやった。ふたりとも、顔を見たことはあったが、名は知らなかった。事件の現場で、目にしたのだろう。

「市村は、いたのか」

市之介が、市村の名を出して訊いた。野宮も、市村のことをつかんでいるとみたのである。

「いや、留守だ。もぬけの空だよ。何か、居所が知れる物がないかと探してみたのだが、それらしい物は何もない」

「野宮どのも、市村の住居をつきとめていたのか」

「いや、おれではない。市村の居所をつかんだのは、繁田だ」

野宮が、脇に立っている年配の手先に、

「源助《げんすけ》、話してみろ」

と、声をかけた。

「猪八は、前《めえ》から市村ってえ二本差を探ってやしてね。白狐党かもしれねえ、と言い出したんでさァ。それで、市村を探ってみると、ちかごろ大金をつかんだらしいってことが、分かった。それで、猪八と繁田の旦那とで、この家を探りにきた。……その帰《けえ》りに、ふたりは殺られちまったんで」

源助がこわばった顔で話した。

「猪八は、どうして市村が白狐党とみたのだ」

市之介が訊いた。

「博奕《ばくち》でさァ。……猪八は、地まわりから、市村が賭場で大金を使っていると耳にしたんでさァ」

武士が賭場で大金を使っていることから、白狐党とみたらしい。

「その賭場だが、どこにある」

賭場を探れば、市村の居所だけでなく白狐党の仲間のこともつかめるかもしれない。

「分からねえ」

「地まわりの名は」

矢継ぎ早に、市之介が訊いた。

すると、源助の脇に立っていた野宮が、

「青井どの、そこまでにしてくれ。……白狐党は、どうあっても北町奉行所《きた》の手で捕りたいのだ。繁田が殺られてるからな」

と、市之介を見つめて言った。

いつになく、野宮は厳しい顔付きをしていた。双眸《そうぼう》に、刺すようなひかりが宿っている。仲間の同心を斬殺されたこともあり、野宮にすれば、何としても自分たちの手で白狐党を捕縛したいのだろう。

「町方の領分まで、手を出すつもりはないよ。……おれたちが、探っているのは幕臣だけだ」

そう言って、市之介は踵《きびす》を返した。

市之介は浜町堀沿いの通りにもどり、八百屋の親爺に、市村の親戚筋の者を装って、「留守のようだが、市村どのは家を出たのか」と、訊いてみた。

「四、五日前に、ひとりで家を出るのを見かけやしたが、そのまま帰ってこなかったようですよ」

親爺が言った。

「市村どのは、独り暮らしだったのか」

借家に暮らしていたとなると、市村は牢人であろうか。

「一年ほど前《めえ》に、妾《めかけ》を囲うようになりやしてね。その女が、三月ほど前に流行病で死んじまって……。その後は、借家にはあまり帰ってこなかったようですよ」

「そうか」

妾宅だったようだ。とすると、市村の自邸は別にあるとみなければならない。

それから、市之介は市村の身分や仲間のことなどを訊いてみたが、親爺は知らなかった。ただ、市村は武士らしく羽織袴で、二刀を帯びて出かけることが多かったという。

2

翌日、市之介は茂吉を連れて、ふたたび橋町へ足をむけた。市村の行き先や白狐党の仲間のことを探る手掛かりをつかみたかったのである。

神田川にかかる新シ橋を渡ったところで、茂吉が言った。

「旦那、馬喰町《ばくろちょう》に、長年御用聞きをつづけた弥七《やしち》ってえ男がいるんですがね。……歳をとって、十手を返《けえ》しちまったが、浜町堀界隈のことはくわしいはずだ。そいつに、訊いてみやすか」

茂吉は、若いころから遊び歩いていたらしく、盛り場の地まわりや遊び人、岡っ引きなどに顔見知りがいたのだ。

「そうだな」

闇雲に訊いてまわるより、弥七という男に訊いた方が早いだろう、と市之介は思った。それに、馬喰町は、橋町に行く途中にある。

「女房とふたりで、飲み屋をやってるはずでさァ」

茂吉が言った。

市之介たちは馬喰町の表通りに入り、しばらく歩くと、

「そこの横町ですぜ」

そう言って、茂吉が横町に足をむけた。

路地に縄暖簾《なわのれん》を出した飲み屋、小料理屋、一膳めし屋などが、ごてごてとつづいていた。人出は多く、土地の者が多いようだった。

「ここだ、ここだ」

茂吉が、縄暖簾を出した小体な店の前で足をとめた。店の脇に色褪せた赤提灯《ちょうちん》がぶら下がっていて、「さけ、ますや」とだけ、書いてあった。

戸口の腰高障子をあけると、土間になっていて、飯台が置いてあった。まだ、昼前ということもあって、客の姿はなかった。

奥で、物音がした。俎板《まないた》の上で、何か切っているような音である。客に出す肴《さかな》の用意をしているのかもしれない。

「だれかいねえかい」

茂吉が奥にむかって声をかけた。

すると、物音がやんで下駄の音がした。土間の脇から、小柄な年寄りが姿を見せた。浅黒い肌をした丸顔で、細い目をしていた。頭頂に、白髪交じりの細い髷《まげ》

が、ちょこんと載っている。

　男は汚れた前だれで濡れた手を拭きながら、警戒するような目で市之介を見た。

「とっつァん、おれだよ。茂吉だよ」

　茂吉が声をかけた。この男が、弥七らしい。

「茂吉か。……そちらの旦那は」

　弥七が訊いた。

「前に話したことがあるだろう。おれが、お仕えしている旦那だ」

「お、お御目付さまで……」

　弥七が、声をつまらせて言った。茂吉は、市之介のことを目付と話していたようだ。

「なに、目付といっても、おれは手を貸しているだけだ」

　市之介が慌てて言った。御目付が、手先をひとりだけ連れ、このような飲み屋に来るはずがないだろう、と思ったが、口にしなかった。

「それで、あっしに何か用ですかい」

　弥七の顔から、まだ警戒の色は消えなかった。

「ちと、訊きたいことがあってな。なに、とっつァんに、迷惑はかけない」

市之介は、八丁堀同心のような砕《くだ》けた物言いをした。

「へえ」

いくぶん、弥七の顔がやわらいだ。

市之介は、掛けさせてもらうぞ、と言って、飯台のまわりに置いてあった腰掛け代わりの空樽に腰を下ろしてから、

「橘町で、八丁堀同心と御用聞きが殺されたのを知っているか」

と、切り出した。

茂吉と弥七も、近くの空樽に腰を下ろし、市之介に顔をむけた。

「知ってやすぜ」

すぐに、弥七が答えた。

「ふたりを襲ったのは、三人の武士だが、そのなかに市村という男がいたらしい。

……弥七、市村という武士を知っているか」

まだ、繁田と猪八を殺した三人の武士のなかに、市村がいたと決め付けられないが、市之介はそう言ったのだ。

「市村というお侍は、知らねえ」

弥七は首をひねった。

「橋町の千鳥橋近くの借家に、住んでいたのだがな」

「……分からねえ」

弥七がそう言ったとき、

「その二本差は、賭場に出入りしてたらしいんだ」

茂吉が脇から口をはさんだ。

「……権蔵《ごんぞう》の賭場かな」

弥七によると、権蔵という男が貸元をしている賭場が、高砂町《たかさごちょう》にあるという。高砂町も、浜町堀沿いにひろがっており、橋町から近かった。

「市村は、権蔵の賭場に出入りしていたのか」

市之介が訊いた。

「はっきりしねえが、橋町に住む二本差が、権蔵の賭場に出入りしていると聞いた覚えがありやす」

「市村が出入りしていたのは、権蔵の賭場だな」

市之介は、市村にまちがいないと思った。

「とっつァん、市村には、仲間がいるはずなんだが、何か聞いてねえかい」

茂吉が訊いた。頭に、白狐党のことがあったのだろう。

「泉次郎《せんじろう》という男が、博奕仲間だと聞いたぜ」

「そいつの生業は？」

「鳶《とび》らしいが、いまは仕事などやっちゃいめえ。……遊び歩いているようだ」

「泉次郎の塒は」

市之介が訊いた。白狐党には、ふたりの町人がいる。泉次郎は、そのうちのひとりではあるまいか。

「知りやせん。泉次郎のことは、小耳にはさんだだけでして……」

「泉次郎のことで、他に知っていることはないのか」

市之介は、泉次郎の居所をつきとめる手掛かりが欲しかった。

「頰に刀傷があると、聞きやした」

「なに、頰に刀傷だと！」

思わず、市之介の声が大きくなった。

大松屋の番頭の蓑蔵は、白狐党の町人のひとりの頰に刀傷があったと話していた。まちがいない。泉次郎は、白狐党のひとりだ。となると、市村も、白狐党のひとりとみていいだろう。

「権蔵の賭場は、高砂町のどこだ」

市之介が訊いた。

「冨沢町《とみざわちょう》寄りの稲荷《いなり》のそばだが……。旦那、いまは賭場をひらいているか、どうか分からねえ」

弥七によると、二、三年前まではひらいていたらしいが、ちかごろ高砂町に行く機会もないので、分からないという。賭場は妾宅ふうの借家で、路地からすこし入ったところにあるそうだ。

「ともかく、冨沢町に行ってみるか」

それから、市之介は権蔵の住家も訊いてみたが、弥七は知らなかった。

「とっつァん、邪魔したな」

茂吉がそう声をかけ、市之介たちはますやを出た。

3

市之介と茂吉は、高砂町に来ていた。ふたりは、冨沢町との町境に近い通りを歩きながら稲荷を探していた。弥七から、権蔵の賭場は、稲荷のそばにある妾宅ふうの借家だと聞いていたからである。

「それらしい稲荷は、ねえなァ」

茂吉が、通りの左右に目をやりながらつぶやいた。

ちいさな稲荷は通り沿いだけでなく、商家の土蔵の脇や長屋の路地木戸を入った先などでも見かけた。だが、そうした稲荷のそばに、妾宅ふうの借家はなかった。おそらく、弥七が口にした稲荷は、目印になるような大きな稲荷であろう。

「この辺りだと思うがな」

市之介が、通りの左右に目をやりながら言った。弥七は冨沢町寄りだと言っていたので、町境近くにあるはずである。

「だれかに、訊いてみやすか」

「それがいい」

「あの下駄屋で、ちょっと、訊いてきやすよ」

茂吉は、通りの先にあった下駄屋に小走りにむかった。

市之介は、下駄屋の方へむかってゆっくりと歩いた。茂吉は店先にいた主人《あるじ》らしい男と何やら話している。

市之介が下駄屋に近付いたとき、茂吉が主人の前から離れ、小走りにもどってきた。

「だ、旦那、知れやしたぜ」

茂吉が声をつまらせて言った。

「この近くか」

「へい、一町ほど行くと、四辻がありやしてね。そこを右にまがると、道沿いに稲荷があるそうで」

「行ってみよう」

市之介たちは、足早に通りを歩いた。

「四辻がありやす」

茂吉が言った。

市之介たちが来た通りは路地と交差し、四辻になっていた。

すぐに、市之介たちは、四辻を右手にまがった。いっとき路地を歩くと、稲荷の赤い鳥居が見えた。それほど大きな稲荷ではなかったが、樫《かし》や欅《けやき》の杜もある。

市之介たちは、赤い鳥居の前まで行ってみた。

「旦那、あそこに、借家らしい家がありやすぜ」

茂吉が、稲荷の杜の脇を指差して言った。

路地沿いに空き地があり、その奥に妾宅ふうの仕舞屋が建っていた。空き地のなかに、仕舞屋までつづく小径がある。

「旦那、家の戸口を見てくだせえ。空き家のようですぜ」

茂吉が言った。

戸口に、斜交《はすか》いに板が打ち付けてあった。家に、出入りできないようになっている。

「賭場は、ひらかれてないようだ」

念のため、市之介と茂吉は、仕舞屋の前まで行ってみた。

一目で、空き家であることが知れた。久しく家に出入りした者はいないらしく、戸口のまわりに雑草が繁茂していた。それに、だいぶ古い家のようだ。板壁が剝げたり、庇《ひさし》が垂れ下がったりしている。

市之介たちは、路地にもどった。近くに豆腐屋があったので、石臼《いしうす》で豆をひいていた親爺に、仕舞屋のことを訊いてみることにした。

「親父、ちょいと、訊きてえことがあるんだがな。……仕事をつづけてくんな」

茂吉が声をかけた。

市之介は店のなかに入らず、戸口に立っていた。この場は、茂吉にまかせようと思ったのである。

「なんです？」

親爺は、石臼をまわしながら訊いた。

「稲荷の脇に、借家があるな。だれも住んでねえようだが」

「へい」

「あれが、権蔵の賭場だな」

茂吉は、権蔵の名を出して訊いた。

「よくご存じで……。親分さんですかい」

親爺は臼をまわす手をとめ、警戒するような目で茂吉を見た。

「まァ、そうだ。……賭場は、とじたようだな」

茂吉は、親分と呼ばれて、否定しなかった。その方が訊きやすかったし、茂吉自身岡っ引きになったような気でいるのだ。

「へい、半年ほど前《めえ》に……」

親爺が小声で言った。

「半年だと！　それまで、賭場をひらいていたのかい」

茂吉が驚いたような顔をして訊いた。

「ひらいてやした」

「戸口に板を打ち付けてとじたのも、半年ほど前のことか」

「いえ、板はずっと前から打ち付けてありやした。……。町方に知られねえように、空き家に見せて賭場をひらいていたようでさァ」

親爺が、出入りは背戸からしていたらしい、と言い添えた。

「そういうことかい」

茂吉が目をひからせて言った。

「ところが、半年ほど前から、だれも寄り付かなくなったんでさァ。賭場はとじたにちげえねえ」

「権蔵は、賭場を別の場所に移したのか」

「そこまでは、知らねえ」

親爺は、また臼をまわし始めた。

「権蔵は、あの家に妾をかこってたんじゃァねえのかい」

「そうでさァ。おくらってえ、色っぽい年増が住んでいやした」

「いま、おくらは、どこにいる」

茂吉が訊いた。

「堀江町《ほりえちょう》の親父橋《おやじばし》の近くで、小料理屋をやってると聞きやしたが」

「店の名は分かるか」

「そこまでは、分からねえ」

それから、茂吉は、泉次郎と市村の名を出して訊いてみたが、親爺は知らなかった。

茂吉が口をとじたとき、親爺が
「このところ、賭場のことで、八丁堀の旦那や親分さんが何度も訊きに来やしたが、何かあったんですかい」

と、茂吉に目をむけて訊いた。

「賭場を探りに来ただけだろうよ」

茂吉は、繁田や猪八が殺されたことは口にしなかった。

店から出ると、市之介が待っていた。

「茂吉、うまく話を聞き出したではないか。……あれなら、御用聞きもつとまるぞ」

市之介は、茂吉と親爺のやり取りを聞いていたのである。

「それほどでもねえや」

茂吉が照れたような顔をして言った。

4

「どうする、おくらを捕らえて、権蔵の賭場を聞き出すか」

市之介が、糸川と彦次郎を前にして言った。

御徒町にある市之介の屋敷だった。陽がだいぶ高くなってから、糸川と彦次郎が姿を見せたのだ。

市之介は茂吉とふたりで探ったことを、ふたりに話したのである。

「それも手だが、賭場の手入れは、町奉行所の仕事だからな」

糸川が言った。

「賭場を見張れば、泉次郎や市村が姿を見せるかもしれませんよ」

彦次郎が、身を乗り出すようにして言った。

「佐々野の言うとおりだが、野宮どのたちが、権蔵の賭場に目をつけて探っているはずだぞ」

すでに、野宮たちは高砂町にあった権蔵の賭場をつきとめ、近所で聞き込みをしていることを市之介が話した。

「どうだ、おれたちは、泉次郎を探ってみないか」

糸川が言った。

「何か、手掛かりがあるか」

「泉次郎は、橘町や富沢町など、浜町河岸界隈で遊び歩いていた節がある。……その辺りの遊び人や地まわりに当たれば、泉次郎の塒が知れるかもしれん」

「そうだな」

「明日から、手分けして浜町河岸界隈で聞き込んでみるか」

「承知した」

市之介が答えたとき、廊下を歩く足音がして障子があいた。

姿を見せたのは、つると佳乃だった。佳乃が湯飲みを載せた盆を手にしていた。市之介たちに茶を淹《い》れてくれたらしい。

ふたりは、座敷に座ると、

「茶がはいりましたよ」

つるが、笑みを浮かべて言った。

佳乃はつるの脇に畏《かしこ》まっていたが、つるに茶を出すようにうながされ、湯飲みを手にして彦次郎の脇へ座した。

「粗茶でございます」

佳乃は、彦次郎の膝先に湯飲みを置くとき、チラッと彦次郎に目をやった。そのとき、彦次郎と目が合ったらしく、佳乃の顔がポッと赤くなった。

彦次郎は何も言わず、膝先に置かれた湯飲みに目をもどした。彦次郎は佳乃を意識しているようには見えなかったが、胸の内は分からない。

佳乃は、糸川の膝先にも湯飲みを置くと、身を引いた。

その佳乃に代わって、つるが市之介の膝先に湯飲みを置き、

「……春らしくなりました。そろそろ、桜の季節ですねえ」

と、おっとりした声で言った。

佳乃は、つるの脇に殊勝な顔をして座り、彦次郎や糸川に目をむけている。

「だいぶ、凌《しの》ぎやすくなりました」

糸川が、つるの言葉に合わせるように言った。

「糸川どのや佐々野どのも、お花見に行かれるのでしょう」

つるが目を細めて訊いた。

どうやら、つると佳乃はこの場に残って、市之介たちの話にくわわるつもりらしい。

「まァ、春になったら……」

糸川が声をつまらせて言った。

彦次郎は、湯飲みを手にしたまま身を硬くしている。糸川とつるの話には、入っていけないらしい。

一方、市之介は、

……花見の話などしている場合ではない。

と、胸の内でつぶやき、

「母上、いま江戸市中を騒がせている白狐党のことはご存じですね」

つるに、目をやって言った。

「知ってますよ」

「これは、公儀の秘事ゆえ、口にすることはできませんが、われらは御目付のお指図でひそかに動いているのです」

市之介が、急に声をひそめて言った。

秘事のため口外できないと断ったが、これだけ言えば、市之介たちが何の話をしていたか、しゃべったのと同じである。

「兄上のお指図ですか」

つるが、顔をひきしめて訊いた。

「そうです」

「大事なお話のようですね。……佳乃、みなさんとお話するのは、またにしましょう」

つるが、腰を上げた。

佳乃は、心残りなのだろう、彦次郎に目をやった後、残念そうな顔をして立ち上がった。

つると佳乃が座敷から出ると、

「うちの女たちは、いつもこうだ」

市之介が苦笑いを浮かべて言った。

「うちも、似たようなものだ」

糸川は、そう言った後、

「ところで、町方だがな。本腰を入れて、探索にあたっているようだぞ」

と、声をあらためて言った。

「そのようだ。……市村のことをつかんだのは、殺された繁田どのだし、権蔵の賭場は野宮どのの方が、おれたちより早かったからな」

このままでは、野宮たち北町奉行所の者たちの方が先に、白狐党の隠れ家をつかみ、一味を捕縛するのではないか、と市之介は思った。

「北《き》町奉行《た》所の同心たちは、繁田どのの弔い合戦と思っているのではないのか」

糸川が言った。

「そうだろうな」

なかでも、野宮は繁田の敵討ちのために、自分たちの手で白狐党を捕らえたい気持ちが強いようだ。

「賭場やふたりの町人は、町方にまかせてもいいが、白狐党の四人の武士が何者なのか、町方より早くつかみたいな」

と、糸川。

「幕臣であれば、目付筋として手を打たねばならないわけか」

「そうだ」

糸川が、虚空を睨むように見すえて言った。

5

市之介は、糸川と彦次郎が屋敷に来た翌日、茂吉を連れて浜町堀にむかった。

「旦那、どの辺りで聞き込みやす」

茂吉が訊いた。

「どこにしようか、迷っているのだ」

今日は、糸川と彦次郎も、浜町堀界隈に聞き込みにむかっているはずである。

市之介は、闇雲に歩きまわっても埒《らち》が明かないとみていた。

「茂吉、泉次郎を捜すつもりだが、浜町堀界隈で、幅を利かせている遊び人か地まわりを知らないか」

目星をつけて、聞き込みに当たった方がいいだろう。

「遊び人も地まわりも、顔見知りはいねえ。……あっしは、若《わけ》えころから旦那のお屋敷でご奉公し、遊びは知らねえからなァ」

茂吉が、もっともらしい顔をして言った。

「うむ……」

それにしては、馬喰町の弥七をよく知っていたな、と思ったが、黙っていた。

「そうだ。浜造《はまぞう》なら知ってるかもしれねえ」

茂吉が、声を大きくして言った。

「浜造は遊び人なのか」

「中間《ちゅうげん》でさァ。……いまは、日傭取《ひようと》りでも、やってるんじゃァねえかな」

茂吉によると、四、五年前まで、浜造も御徒町に屋敷のある旗本の中間をしていたという。ところが、浜造は博奕好きで、金さえあれば中間仲間を集めて博奕をやったり、賭場に出かけたりしていたそうだ。それを、奉公先の主人に気付かれ、中間をやめさせられたという。

「その男は、どこに住んでいるのだ」

市之介が訊いた。

「堀江町でさァ」

「浜町堀からは、遠いな」

堀江町は入堀《いりほり》沿いにひろがっており、浜町堀からはだいぶ離れている。

「旦那、博奕好きのやつは、遠くても賭場には出かけるもんでさァ。きっと、泉次郎を知ってやすぜ」

茂吉が自信ありそうに言った。

「それで、浜造の住家を知っているのか」

「たしか、長屋と聞いたが……」

茂吉は首をひねった。はっきりしないらしい。

「おい、長屋というだけでは、探しようがないぞ」

「入堀の突き当たり近くと、言ってやした」

「行ってみるか」

ふたりは、そんなやり取りをしながら浜町堀まで来ていた。

さらに、浜町堀を南に歩き、奥州街道《おうしゅうかいどう》に突き当たったところで右手におれ、街道を西にむかった。そして、大伝馬町《おおてんまちょう》で左手の通りにおれた。しばらく歩くと、前方に入堀が見えてきた。堀の右手にひろがっている町並が、堀江町である。

ふたりは、入堀の突き当たりまで来て足をとめた。

「さて、どうするか」

市之介は、長屋を虱潰《しらみ》しにあたるわけにはいかないと思った。

「なに、ここらで、博奕の好きそうなやつをつかまえて訊けば、すぐに知れやすぜ」

茂吉が目をひからせて言った。

「うむ……」

市之介は、茂吉にまかせようと思った。

ふたりは堀江町に入り、入堀沿いの道を歩きながら話の聞けそうな男を探した。

「そこの桟橋にいる船頭に、訊いてきやしょう」

茂吉が、入堀にかかる桟橋を指差して言った。

見ると、ちいさな桟橋に数艘《すうそう》の猪牙舟《ちょきぶね》が舫《もや》ってあった。近くに船宿でもあるのか、船底に客を乗せるための莫蓙《ござ》を敷いている船頭がいた。

茂吉は桟橋につづく石段を下り、いっとき船頭となにやら話していたが、足早にもどってきた。

「どうだ、知れたか」

市之介が訊いた。

「浜造かどうか分からねえが、中間をやってた男が、住んでる長屋が近くにあるそうでさァ」

茂吉は、この先のようで、と言って、先にたった。

一町ほど歩くと、茂吉は足をとめ、

「そこの長屋かもしれねえ」

と言って、春米屋《つきごめや》の脇にある路地木戸を指差した。

茂吉は春米屋に入り、唐臼《からうす》を踏んでいた親爺に話を聞いてきた。

「旦那、まちげえねえ。この長屋のようだ」

茂吉によると、長屋の名は伝兵衛店《でんべえだな》で、浜造は女房とふたりで住んでいるという。

「あっしが、様子を見てきやしょうか」

茂吉が言った。

「いや、おれも行こう」

浜造が、泉次郎のことを知っていれば、市之介も聞きたいことがあったのだ。

ふたりは、路地木戸をくぐった。入ってすぐのところに井戸があり、長屋の女房らしい女がふたりで立ち話をしていたので、浜造の家を訊いてみた。

家はすぐに分かったが、女房たちの話では、浜造は家にいないのではないかという。ひとりの女房が、半刻（一時間）ほど前、浜造が長屋から出て行くのを見かけたというのだ。

「旦那、どうしやす」

茂吉が市之介に訊いた。

「浜造の家を覗いてみるか。女房がいるかもしれん」

市之介は、女房が浜造の行き先を知っているのではないかと思った。

ふたりは、井戸端にいた女房たちに聞いた浜造の家に行ってみた。おせんという痩せぎすの女房がいた。

おせんによると、浜造は陽が沈むまでには帰る、と言って出かけたが、どこへ行ったか分からないという。

市之介と茂吉は、井戸端の近くまでもどると、

「旦那、出直しやすか」

茂吉が訊いた。

「どうだ、めしを食って来ないか」

市之介は腹が減っていた。すでに、八ツ（午後二時）を過ぎていたが、昼めしを食っていなかったのだ。

「そうしやしょう」

茂吉が、ニンマリした。茂吉も腹が減っていたようだ。

6

市之介と茂吉が、伝兵衛店につづく路地木戸の前にもどったのは、七ツ（午後四時）ごろだった。

「浜造が、帰ってきたか見てきやす」

茂吉は市之介を残し、路地木戸をくぐった。

市之介は、路地木戸の脇に立って茂吉がもどるのを待った。

茂吉はいっときするともどってきて、

「旦那、浜造はまだ帰《けえ》ってきやせん」

と、知らせた。茂吉は、おせんから話を聞いたという。

「この近くで、待つか」

市之介は路地に目をやった。

路地木戸から二十間ほど離れた路傍に、椿《つばき》が深緑を茂らせていた。その樹陰にまわれば、路地を通る者たちから身を隠せそうだ。

市之介と茂吉は、椿の樹陰で浜造が帰ってくるのを待った。浜造はなかなか姿を見せなかった。七ツ半（午後五時）ごろだろうか。夕陽が家並みの向こうにまわり、路地沿いの家々の長い影が路地に伸びている。

そのとき、路地の先に目をやっていた茂吉が、

「浜造が来やした！」

と、声を上げた。

見ると、弁慶格子の小袖を裾高に尻《しり》っ端《ぱし》折《よ》りした遊び人ふうの男が、こちらに歩いてくる。三十がらみの赤ら顔の男である。

浜造が椿の近くまで来たとき、市之介と茂吉は路地に出た。

「な、なんでえ！　てめえたちは」

浜造が、驚いたような顔をして声を上げた。

「おれだよ、茂吉だ」

「茂吉か、脅かすな。……そちらのお方は」

浜造が市之介に目をやって訊いた。

「青井市之介さまだ」

茂吉が浜造に身を寄せて言った。

「青井さまですかい。茂吉から、お噂は聞いていやした」

浜造が、愛想笑いを浮かべながら頭を下げた。

「そうか。……おまえに、聞きたいことがあってな。御徒町から来たのだ」

「もったいねえ。あっしのような者のところへ、わざわざ足を運んで来たなんて……。声をかけてくださりゃァ、飛んでいったのに」

浜造が首をすくめて言った。

「なに、近くまで来たので、寄ってみたのだ」

わざわざ御徒町から足を運んで来たのだが、市之介はそう言っておいた。

「それで、何をお聞きになりてえんで」

浜造が茂吉に目をやって訊いた。愛想笑いは消えている。

「浜造、泉次郎ってえやつを知ってるかい」

茂吉が訊いた。

「泉次郎……。知らねえなァ」

浜造は首をひねった。

「おめえなら、知ってると思ったんだがなァ」

「どんなやつだい」

「遊び人で、頰に刀傷のある男よ」

「頬に刀傷……」

「権蔵の賭場に出入りしていたはずだ」

「やつか！」

浜造が声を上げた。どうやら、知っているようだ。

「泉次郎の塒を知ってるか」

すぐに、茂吉が訊いた。

「塒は、久松町《ひさまつちょう》の栄橋《さかえ》の近くと、聞いたことがあるぜ」

久松町は、橘町の隣町だった。栄橋は浜町堀にかかっている。

「長屋か」

「情婦《おんな》をかこっていると言ってたから、借家じゃァねえかな」

「やろう、情婦をかこっているのかい」

茂吉がいまいましそうに言った。

茂吉と浜造のやりとりがとぎれると、

「ところで、市村という武士を知っているか」

と、市之介が訊いた。

「市村ですかい」

「泉次郎といっしょに、権蔵の賭場に出入りしていた男だ」

「市村の旦那か」

「知っているようだな」

「へい、ですが、泉次郎といっしょにいるとき、何度か顔を合わせただけでさァ」

浜造によると、名は市村捨蔵《すてぞう》、三十がらみの武士だという。

「市村は、いま、どこにいる」

市之介は、市村が千鳥橋近くの借家から姿を消した後、どこに身を隠しているかつかんでいなかった。

「知らねえ」

浜造は首を横に振った。

「そうか。……ところで、市村は牢人ではないようだな」

市之介が訊いた。

「八十石取りの御家人と、聞いてやすぜ」

即座に、浜造の口から八十石取りなどという言葉が出たのは、旗本の中間をしていたからであろう。

「御家人か」

となると、目付筋で何とかせねばならない。

「市村の屋敷は、どこにある？」

御家人なら、どこかに屋敷があるはずである。

「……分からねえ」

「市村と泉次郎だが、どこで知り合ったのだ」

御家人と遊び人がつるんで、賭場に出入りしていたのである。どこかで出会い、つながりができたはずである。

「賭場だと、聞きやした」

浜造が首をすくめて言った。賭場や博奕という言葉を使うのは、後ろめたい気持ちがあるのだろう。

「権蔵の賭場か」

「それが、権蔵の賭場じゃァねえんで」

「どこの賭場だ」

すぐに、市之介が訊いた。

「どこか、分からねえが、武家屋敷と言ってやした」

「武家屋敷だと！」

思わず、市之介の声が大きくなった。

……中間部屋か！

旗本や御家人の中間部屋で、ひそかに博奕がおこなわれることがある。市村と泉次郎は、賭場になった中間部屋で知り合ったのかもしれない。

「市村の屋敷ではないのだな」

市之介が、念を押すように訊いた。

「どこの屋敷かは、分からねえ」

浜造が首をひねった。

「市村の他にも、武士の博奕仲間がいるのか」

市之介が訊いた。白狐党の他の武士も、武家屋敷の賭場で知り合ったのではないかと思ったのだ。

「知りやせん」

浜造がはっきりと言った。

それから、市之介は市村と泉次郎の仲間に、御家人や旗本はいないか訊いたが、浜造は知らなかった。

「浜造、博奕はほどほどにしとけよ。……おれたちは町方ではないので見逃すが、そのうち、敲《たたき》ぐらいではすまなくなるぞ」

そう言い残し、市之介は踵を返した。

茂吉は市之介についてきた。浜造はうなだれて、路傍に立っている。

陽が沈み、西の空にひろがった残照が、動かない浜造を淡い茜色《あかねいろ》に染めている。

7

暮れ六ツ（午後六時）を過ぎていた。浜町堀沿いに植えられた柳の樹陰や家々の軒下などに、淡い夕闇が忍び寄っている。

市之介と茂吉は、浜町堀沿いの道を歩いていた。そこは、久松町である。前方に、浜町堀にかかる栄橋が見えていた。

ふたりは、浜造から話を聞いた後、泉次郎の塒を探すつもりで、久松町にまわったのだ。ただ、遅いので、今日のうちに塒をつきとめるのは、無理かもしれない。ともかく、通り沿いに借家らしい家屋があれば、住人がいるかどうか確かめてみようと思った。

通り沿いの店は、店仕舞いして表戸をしめていた。人影はすくなく、ときおり仕事帰りの職人や夜鷹《よたか》そばなどが通りかかるだけである。

栄橋が間近に迫ってきたとき、

「旦那、向こうから来るのは、八丁堀の旦那ですぜ」

茂吉が前方を指差して言った。

栄橋のたもとの先に、こちらに歩いてくる三人の男の姿が見えた。ひとりは、八丁堀同心らしく、小袖を着流し、黒羽織の裾を帯に挟む巻羽織と呼ばれる恰好をしていた。他のふたりは、同心の連れている岡っ引きのようだ。

「野宮どのだ」

市之介は、同心の姿に見覚えがあった。北町奉行所の野宮清一郎である。

「野宮さまといっしょにいるのは、源助と元造《もとぞう》ですぜ」

茂吉によると、ふたりは野宮から手札をもらっている岡っ引きだという。おそらく、野宮たちは、この近くで聞き込みをした帰りであろう。泉次郎の塒を探しに来たのかもしれない。

市之介は、源助も知っていた。市村が住んでいた借家を探りに行ったとき、野宮が連れていた岡っ引きである。

「だ、旦那！　橋のたもとの柳の陰に、だれかいやす」

茂吉がうわずった声で言った。

柳の樹陰に、人影がある。暗いのではっきりしないが、武士であることは分かった。袴姿で刀を帯びている。

「辻斬りかもしれねえ」

茂吉が言った。

「ちがうな。野宮どのを狙っているのかもしれんぞ」

市之介の足が速くなった。脳裏に、浜町堀沿いの通りで、斬殺された繁田と岡っ引きのことがよぎった。

「旦那、相手はひとりだ。……襲うようなことはねえ」

茂吉が、市之介の後を追いながら言った。

「他にも、ひそんでいるかもしれん」

市之介は小走りになった。

野宮たちは、ひそんでいる武士に気付かないらしく、歩調を変えずに橋のたもとに近付いてくる。

そのとき、柳の陰から武士体の男が通りに出て、野宮たちの行く手にたちふさがった。牢人だった。大刀を一本だけ落し差しにしている。

野宮たちが、足をとめた。前方に立った牢人に気付いたのである。

と、橋のたもと近くにあった店屋の陰から人影が三つ、飛び出し、野宮たちにむかって走った。武士がふたり、町人がひとりである。

「旦那！　四人だ」

茂吉が声を上げた。

……待ち伏せだ！

市之介は胸の内で叫び、疾走した。

茂吉も慌てて後を追ってきた。


「源助、元造、堀際へ寄れ！」

野宮が叫んだ。

源助と元造は顔をこわばらせ、浜町堀の岸際へ走ると、懐から十手《じって》を取り出した。野宮も岸を背にして立ち、抜刀して身構えた。

通常、町奉行所の捕物にあたる同心は、刃引きの長脇差を帯びていることが多かった。下手人を斬らずに、生け捕りにすることが求められていたからである。

だが、野宮は大刀を差していた。斬殺された繁田のこともあり、いつ白狐党に襲われるか分からなかったからである。

四人の男が、ばらばらと走り寄った。前方から牢人、後方から羽織袴姿の武士がふたり、それに痩身で猫背の町人である。

武士三人は、いずれも白狐の面ではなく、頭巾をかぶっていた。町人は、手ぬぐいで頰っかむりしている。

四人の男は走り寄ると、野宮たち三人を取りかこむように立った。

「白狐党か！」

野宮が、大声で誰何《すいか》した。

源助と元造は、取りかこんだ男たちに十手をむけたが、腰が引け、手にした十手が震えている。

「問答無用！」

大柄な武士が、声を上げた。

すると、もうひとりの羽織袴姿の武士が、

「斬れ！　三人とも、逃がすな」

と叫び、抜刀した。

牢人と大柄な武士も刀を抜き、切っ先を野宮たち三人にむけた。

野宮の前に立ったのは、大柄な武士だった。青眼に構えると、切っ先を野宮の目線につけた。遣い手らしく、隙のない構えで、どっしりと腰が据わっている。

野宮も、相青眼《あいせいがん》に構えた。腰がやや浮き、切っ先が小刻みに震えている。野宮も遣い手だったが、真剣勝負の恐怖と気の昂《たかぶ》りで、体に力が入っているのだ。

8

市之介は走った。野宮を助けようとしたのである。

元造に切っ先をむけていた牢人が、振り返った。市之介と茂吉の足音を耳にしたようだ。

「おい！　目付だぞ」

牢人が声を上げた。市之介をどこかで見かけ、目付筋の者とみていたらしい。

「やつも斬れ！」

大柄な武士が叫んだ。

「おれに、まかせろ」

牢人が反転した。

市之介は、牢人と三間半ほどの間合をとって足をとめた。

後ろからきた茂吉は、市之介の左手にまわり、牢人と五間ほどの間をとった。

茂吉も十手を取り出した。どこで手に入れたのか、市之介の供をして歩くとき、錆《さ》びかかっている十手を懐に入れているのだ。

「白狐党か！」

市之介が声を上げげた。

「どうかな」

牢人はくぐもった声で言い、切っ先を市之介にむけた。

市之介も抜刀し、青眼に構えた。

牢人の構えも青眼──。切っ先を、ピタリと市之介の目線につけている。

ふいに、牢人が切っ先を下げ、下段に構えた。

……この構えは！

奇妙な構えだった。下段だが、市之介の目には、ただ刀身を足元に垂らしているだけに見えた。身構えに、覇気や気勢がまったく感じられなかった。両肩が下がり、ただその場につっ立っているだけに見えた。まるで、死人《しびと》のようである。

それでいて、牢人の構えには隙がなかった。身辺から異様な殺気をただよわせている。

「下段崩《げだんくず》し……」

牢人がくぐもった声で言った。

この覇気のない構えが、下段崩しらしい。

市之介は刀身を下げ、剣尖《けんせん》を牢人の鳩尾《みぞおち》辺りにつけた。下段に応じた構えをとったのである。

「いくぞ！」

牢人が声を上げ、足裏を摺《す》りながらジリジリと間合をせばめてきた。その動きに合わせ、下段に構えた切っ先を右の爪先にむけ、逆袈裟に上げ始めた。

スー、と剣尖が斜に上がってくる。

……見えぬ！

一瞬、青白いひかりの筋だけが、市之介の目に映じ、視界から牢人の姿が消えた。

……目眩《めくら》ましか！

咄嗟に、市之介は一歩身を引いた。危険を感じたのである。

白いひかりの筋が、頭上でとまったように見えた刹那、真っ向に疾《はし》った。牢人が踏み込みざま、真っ向へ斬り込んだのである。

次の瞬間、刃光《はこう》が市之介の眼前を疾り、切っ先が鼻先をかすめて空を切った。

さらに、市之介は後ろに飛んだ。勝手に体が反応したのである。

「なんだ、この太刀は！」

市之介は驚愕に目を剝いた。

「白波返《しらなみがえ》し……」

牢人が低い声で言った。

「白波返しだと！」

牢人の遣った刀法が、白波返しと呼ばれるらしい。

逆袈裟に上げる刀身が白いひかりの筋を引き、迫《せ》り上がる波のように見える。

そこから一気に真っ向に斬りおろすので、白波返しと名付けられたのであろう。

市之介は牢人と大きく間合をとると、ふたたび青眼に構えた。

……繁田どのの顔面を斬ったのは、白波の太刀だ！

市之介の脳裏に、繁田の血塗れの顔がよぎった。市之介が、一歩身を引かなかったら、繁田と同じように顔面を斬り裂かれていたはずである。

「踏み込みが、足りなかったようだ」

牢人が目を細めて言った。笑ったようである。

……次は、斬られる！

そう感じたとき、市之介の背筋を冷たい物がはしり、全身に鳥肌がたった。恐怖を感じたのである。

市之介は、さらに後じさった。このままでは、牢人に斬られる。

牢人が、ふたたび摺り足で間合をせばめてきた。

そのとき、ギヤッ、という悲鳴が聞こえた。元造が、身をのけ反らせている。斬られたらしい。元造だけではなかった。野宮も羽織の左袖が裂け、血に染まっている。

……このままでは、皆殺しになる！

と、市之介は察知した。

逃げるか、助けを呼ぶしかない。

「茂吉！　助けを呼べ」

市之介が叫んだ。

茂吉が後じさりしながら、

「助けてくれ！　白狐党だ！……助けてくれ！」

と、声をかぎりに叫んだ。

すると、堀際の柳の樹陰に逃げていた源助が、呼子《よびこ》を取り出し、ピリピリ、と吹いた。甲高い呼子の音が、辺りにひびいた。

茂吉の叫び声と呼子の音が聞こえたのか、栄橋を渡っていた大工らしいふたり連れが、「白狐党だ！」「斬り合っているぞ！」と、大声で叫んだ。

浜町堀沿いの道の先からも人声が聞こえ、何人かの人影が見えた。付近の店のなかでも、物音や人声が聞こえた。

すると、大柄な武士が切っ先をむけていた野宮から身を引き、

「引け！」

と、叫んだ。

その声で、市之介と対峙していた牢人も、後じさって間をとり、

「勝負はあずけた」

と言い置いて、踵を返した。

四人の男は小走りに北にむかったが、すぐに右手におれた。四人の姿は、闇に呑《の》まれるように消えた。そこに、路地があるらしい。

「助かった……」

市之介はつぶやき、野宮に目をやった。

野宮は、抜き身を手にしたまま堀の岸際に立っていた。左袖だけでなく胸の辺りにも、血の色がある。

市之介は、野宮のそばに走り寄った。

「やられたのか！」

「なに、かすり傷だ……」

野宮はそう言ったが、顔が苦痛にゆがんでいた。左の二の腕を深く斬られたらしく、血が迸《ほとばし》り出ている。

そこへ、茂吉と源助が走り寄った。元造も、よろめくような足取りでそばに来た。元造は、背後から袈裟に斬られたらしく、裂けた着物が血塗《ちまみ》れだった。顔を苦痛にゆがめている。ただ、命にかかわるような傷ではないようだ。

「野宮、血をとめるぞ」

市之介は、茂吉と源助に手伝わせて野宮の左袖を切り取り、折り畳んで傷口に当てると、手ぬぐいで強く縛った。すこしは、出血が抑えられるだろう。

「すまぬ……。青井どのには、借りができたな」

野宮が言った。

つづいて、市之介たちが元造の傷も手当てしていると、

「おれは、何としても白狐党を捕る」

野宮が、四人の男の消えた夜陰を睨むように見すえて言った。

第三章　六人の賊

1

市之介は糸川、彦次郎とともに自邸を出た。五ツ半（午前九時）ごろである。

糸川と彦次郎は、市之介たちが襲われたことを耳にし、様子を聞きに来ていたのである。市之介は、白狐党と思われる四人の男に襲われ、野宮と岡っ引きの元造が怪我をしたことをふたりに話した。

さらに、市之介が、泉次郎が久松町で情婦《おんな》をかこっているらしいことを話すと、

「泉次郎を捕らえるのは、早い方がいい。どうだ、これから久松町に行かないか」

と、糸川が言い出し、三人で行くことになったのである。

「三人でも、襲われるかもしれんぞ」

玄関を出たところで、市之介が言った。白狐党は、武士が四人、町人がふたり、総勢六人である。市之介たちは武士三人だが、白狐党の方が戦力は上であろう。

「なに、明るいうちに帰れば、襲われることはあるまい」

糸川が、浜町堀沿いの通りは、日中人通りが多いし、道沿いには店が並んでいることを話した。

「そうだな」

市之介も、人通りがあるうちに帰れば、襲われるようなことはないと思った。

表門のところまで行くと、茂吉が待っていた。

「三人おそろいで、どちらへ」

茂吉が揉み手をしながら訊《き》いた。

「久松町だ」

市之介が言った。

「泉次郎でやすね」

「そうだ」

「それじゃァ、あっしもお供しやす」

茂吉は、市之介たちの後についてきた。

「勝手にしろ」

市之介は、突っ撥《ぱ》ねるように言ったが、内心、茂吉もなかなか役にたつと思った。市之介や野宮たちが、白狐党の襲撃から逃れられたのは、茂吉が助けを呼んだからかもしれない。

久松町にむかう道すがら、市之介が、

「泉次郎や市村たちは、武家屋敷で知り合ったらしいぞ」

と、口にした。

「どういうことだ」

すぐに、糸川が訊いた。

彦次郎も市之介に顔をむけて、次の言葉を待っている。

「賭場だ。どうも、武家屋敷が賭場になっていて、そこで、泉次郎と市村は知り合ったようだぞ。……他の白狐党の者たちも、その賭場に出入りしていたのかもしれん」

「武家屋敷の主は？」

糸川が訊いた。

「分からん。その武士が何者か知れれば、一味の正体もつかめるはずだ」

「武家屋敷が賭場にな。……やはり、白狐党は旗本や御家人の集まりのようだな」

糸川が顔を厳しくして言った。

「何とか、町方より先に一味を捕らえたいですね」

彦次郎が口をはさんだ。

「野宮どのが傷を負ったとなれば、多少、町方の探索の手がゆるむかもしれないな」

と、糸川。

「いや、ちがう。野宮どのは手を引くどころか、町方同心の面目にかけても、白狐党を捕らえようとするだろう」

市之介が、傷を負った後の野宮の様子を話した。

「いずれにしろ、一刻も早く泉次郎の居所をつかんで、捕らえよう。……泉次郎が自白すれば、白狐党のことは知れる」

糸川が言った。

そんなやりとりをしながら、市之介たちは日本橋の町筋を通って、浜町堀沿いの通りに出た。

穏やかな晴天で、春らしい陽射しが辺りを照らしていた。浜町堀の水面にたったさざ波が、春の訪れを喜んでいるかのように、キラキラと輝いている。

浜町堀沿いの人通りは多かった。商人、供連れの武士、ぼてふり、町娘、船頭などが、行き交っている。

浜町堀にかかる千鳥橋のたもとを過ぎると、前方に栄橋が見えてきた。栄橋の左手にひろがる町人地が、久松町である。

市之介の脳裏に、四人の男に襲われたときのことがよぎったが、不安は生じなかった。のどかな春の陽気と、行き交う人々のせいらしい。

栄橋の近くまで行くと、市之介は路傍に足をとめ、

「泉次郎の塒《ねぐら》は、この近くの借家らしい。……情婦《おんな》をかこっているそうだ」

と、糸川と彦次郎に言った。

「どうしますか」

彦次郎が訊いた。

「四人がいっしょになって聞き込むと、人目を引くな。それに、これだけ人通りがあれば、白狐党の者たちに襲われることもあるまい」

糸川が言った。

「どうだ、一刻（二時間）ほどしたら、栄橋のたもとに集まることにして二手に分かれないか」

市之介は、茂吉とふたりで聞き込みに当たろうと思った。

「それがいい」

と、糸川。

市之介たちは、遠方まで行かないことや尾行者に気を配ることなどを申し合わせて、その場を離れた。

「旦那、通り沿いで訊いてみやすか」

茂吉が言った。

「この通りには、それらしい借家はなかったぞ」

市之介は浜町堀沿いの通りを何度か行き来していたが、妾宅《しょうたく》のような借家は目にしなかった。それに、泉次郎も人通りの多い通り沿いに、情婦を囲うようなことはしないだろう。

「近くの路地に、入ってみるか」

市之介が言った。

「へい」

市之介と茂吉は、橋のたもとから南にむかって歩き、瀬戸物屋の脇にある路地に目をとめた。

「ここに入ってみよう」

市之介たちは、路地に入った。

2

そこは、薄暗い裏路地だった。路地沿いに、小体な八百屋、煮染屋、豆腐屋などがまばらに並んでいた。仕舞屋《しもたや》もある。寂しい路地で、空き地や笹藪なども目についた。人影はすくなく、土地の者がときおり通りかかるだけである。

「それらしい借家はないいな」

市之介たちは路地をしばらく歩いたが、借家らしい家屋はなかった。

「訊いた方が早《はえ》え な。……旦那、そこの煮染屋で聞いてきやしょう」

そう言い残し、茂吉は煮染屋に入った。

待つまでもなく、茂吉はもどってきた。

「旦那、この路地に借家はねえそうですぜ」

茂吉が言った。

「ないのか」

「へい、この先へ半町ほど行くと、四辻に突き当たりやしてね。その辻を右手に行った先に、借家が三軒あるそうでさァ」

「行ってみよう」

市之介たちは、足を速めた。

半町ほど行くと、四辻に突き当たった。

「ここだな」

市之介たちは、右手におれた。

その路地には、店屋の他に長屋や仕舞屋などもあった。行き交う人の姿も、浜町堀沿いの通りから入った路地より多いようである。

茂吉が通りかかったぼてふりを呼びとめて、近くに借家がないか訊くと、一町ほど先にあるという。

行ってみると、路地沿いに借家らしい家屋が三棟並んでいた。

「これだな」

市之介は、路傍に足をとめて三棟の借家に目をやった。

「旦那、覗いてきやしょうか」

茂吉が目をひからせて言った。

「待て、近所で訊いた方が早い」

それに、迂闊に家を覗き込んで先に泉次郎に気付かれれば、逃げられるだろう。そうなると、せっかくつかんだ手掛かりが、ここで切れてしまう。

路地に目をやると、借家から半町ほど行った先に下駄屋があった。店先の台に、派手な色の鼻緒をつけた下駄が並んでいた。通り沿いでは、目を引く大きな店である。奉公人が何人もいるらしい。

市之介たちは、借家の前を通り過ぎて下駄屋にむかった。店先にあるじらしい男がいたので、借家のことを訊いてみることにした。

「あるじか」

市之介が声をかけた。

「はい、何かご用でしょうか」

四十がらみのあるじは、不安そうな顔をして市之介を見た。羽織袴姿の武士に、いきなり声をかけられたせいらしい。

「ちと、訊きたいことがあるのだがな。おれの知り合いの奉公人が、借家を探しているのだが、あそこに借家があるな」

市之介が、三棟並んでいる借家を指差して言った。

茂吉は、市之介の従者のように、神妙な顔をして後ろにひかえている。

「はい、ございますが」

「あいている家は、あるのか」

「いえ、三軒とも住んでますよ」

「住人は、町人かな」

「はい、一軒はお武家さまが住んでますが、二軒は町人です」

あるじによると、武士は牢人で手跡《しゅせき》指南の師匠をしているそうだ。

「おれの知り合いの旗本の中間《ちゅうげん》をしている男が、この辺りの借家に住んでいると聞いているが、そやつかな。……たしか、名は泉次郎だったな」

市之介は、もっともらしい話をして泉次郎の名を出してみた。

「泉次郎さんも、借家に住んでますよ」

あるじが、渋い顔をした。泉次郎をよく思っていないようだ。あるじによると、昼ごろ泉次郎が路地を歩いていくのを目にしたので、いま家にはいないだろうという。

「泉次郎には女房がいたが、いっしょかな」

市之介は、情婦のことを訊いたのだ。

「女とふたりで暮らしてますが、女房かどうか……」

あるじが顔をしかめて言った。妾《めかけ》と言いたかったが、市之介の手前、言葉を濁したようだ。女の名は、おかねだという。

「いや、手間を取らせた。別のところで、借家を探してみよう」

そう言い残し、市之介は下駄屋の店先から離れた。

市之介は茂吉とふたりで通行人を装い、三軒ある借家の前に引き返した。それとなく、戸口に近付いて、聞き耳を立てると、手前の家には武士が住んでいることが分かった。家のなかから聞こえてきた男の声が、武家言葉だったからである。

二軒目の家からは、子供の声がした。おそらく、泉次郎とは別の町人家族が住んでいるのだろう。

泉次郎は、三軒目の家に住んでいるらしかった。市之介が戸口に身を寄せると、床を歩く音や障子をあけしめする音が聞こえた。家にいるのは、ひとりらしい。おそらく、おかねであろう。下駄屋のあるじが言っていたように、泉次郎は留守のようだ。

　市之介と茂吉は、浜町堀の方へ足をむけた。糸川たちと別れて、そろそろ一刻になるので、栄橋にもどるのである。

　歩きながら、茂吉が市之介を見上げ、

「旦那、てえしたもんだ」

　と、感心したように言った。

「何のことだ」

「下駄屋での聞き込みでさァ。泉次郎があの借家に住んでることを、うまく聞き出しやしたからね。……やっぱり、旦那は、御奉行さまか与力の旦那の方が合ってるんじゃァねえかな。そうすりゃァ、あっしは旦那の手先になって、下手人を捜し出しやすぜ」

　茂吉が真顔で言った。

「奉行も与力も、無理だな」

　二百石の非役の身で、奉行になどなれるはずがない。与力は二百石だが、世襲が多い。市之介には、町奉行はむろんのこと与力になる道もないとみていいのだ。

「やっぱり、御目付ですかね」

さらに、茂吉が言った。

「御目付も、無理だな」

市之介は渋い顔をした。御目付は役高千石である。その前に、二百石に相応《ふさわ》しい役柄に就くのが先なのだ。

そんなやり取りをしながら、市之介と茂吉は浜町堀沿いの通りに出ると、栄橋に足をむけた。

3

「旦那、糸川さまたちだ」

茂吉が、栄橋のたもとを指差して言った。

見ると、栄橋のたもとに糸川と彦次郎の姿があった。先に来て、市之介たちを待っていたようだ。

糸川は、市之介たちと顔を合わせると、

「どうだ、何かつかめたか」

と、すぐに訊いた。

「泉次郎の住む借家が知れたよ」

市之介が言った。

「そうか、知れたか。おれたちは、まったく駄目だった」

糸川は、うんざりした顔をした。

「どうだ、何か食べないか」

すでに、陽は西の空にまわっていた。市之介は腹が減っていたし、ずいぶん歩いたので足も休ませたかった。糸川たちもそうだろう。

橋のたもと近くの通りに目をやると、手頃なそば屋があった。

「そばはどうだ」

市之介が言った。

「いいな」

市之介たち四人は、そば屋の暖簾《のれん》をくぐった。

市之介が、戸口近くにいた小女に座敷があいているか訊くと、小座敷があいているという。四人は、小上がりの奥にあった小座敷に腰を落ち着け、そばと酒を頼んだ。喉も渇いていたので、酔わない程度に飲もうと思ったのである。

酒がとどき、それぞれが手酌でついで、喉を潤すと、

「泉次郎は、おかねという情婦《おんな》と借家に住んでいるようだ」

市之介が切り出し、三棟ある借家のことや隣の家に住む者たちのことなどを話した。

「よく、そこまでつかんだな」

糸川が感心したように言った。

すると、座敷の隅でチビチビやっていた茂吉が、

「旦那が、うまく聞き出したんでさァ。……屋敷でごろごろさせておくのは、惜しいお方ですぜ」

と、口を挟んだ。

「茂吉、余分なことを言うな」

市之介が渋い顔をして窘《たしな》めた。

「へい……」

茂吉が、首をすくめた。

「それで、泉次郎は借家にいたのか」

糸川が訊いた。口許に笑みが浮いている。茂吉と市之介のやり取りが、笑いを誘ったようだ。

「いたのは、おかねだけだ」

市之介が、泉次郎は昼ごろ借家を出たらしいことを言い添えた。

「どうする？」

糸川が訊いた。

「暗くなれば、泉次郎はもどるとみているがな」

分からないが、このまま借家にもどらない、ということはないだろう、と市之介は思った。

「どうだ、三人で泉次郎を捕らえないか」

糸川が声をひそめて言った。

すると、茂吉が、

「あっしも、手伝いやすぜ」

と、口をはさんだ。顔が赭《あか》黒く染まっている。空きっ腹に飲んだので、酒のまわりが早いらしい。

「今日、やるか」

市之介が訊いた。

「この四人で、借家を見張り、泉次郎がもどってきたら捕らえればいい」

糸川は、四人と言い直した。

「四人いれば、十分だな」

相手は、泉次郎ひとりである。市之介も、四人いれば泉次郎を捕らえられると踏んだのだ。

「やりましょう」

彦次郎が昂《たかぶ》った声で言った。

市之介たちは、酒はそこそこにし、そばで腹ごしらえをして店を出た。

陽は西の家並の向こうに沈んでいた。そろそろ、暮れ六ツ（午後六時）の鐘が鳴るだろう。まだ、浜町堀沿いの通りには、ぽつぽつと人影があった。出職《でしょく》の職人、大工、供連れの武士などが、行き過ぎていく。

「こっちだ」

市之介が先にたった。

三棟の借家のある路地に入って間もなく、石町の暮れ六ツの鐘が鳴り始めた。鐘の音がやむと、あちこちから、表戸をしめる音が聞こえてきた。路地沿いの店が商いを終え、店をしめ始めたのである。

三棟の借家の近くまで来ると、市之介は路傍に足をとめ、

「奥が、泉次郎の家だ」

と、小声で糸川と彦次郎に言った。

借家の戸口や付近の樹陰などは、淡い夕闇に染まっていたが、まだ洩《も》れてくる灯の色はなかった。

「いるかな」

糸川が借家に目をむけて言った。

「あっしが、見てきやしょう」

そう言い残し、茂吉が足早に借家にむかった。

茂吉は、三棟ある借家の一番奥の家の戸口に身を寄せた。そこが、泉次郎の家である。

待つまでもなく、茂吉は戸口から離れ、小走りにもどってきた。

「泉次郎はいたか」

すぐに、市之介が訊いた。

「いやした。情婦《おんな》といっしょでさァ」

茂吉が、口早に家のなかから男と女の声が聞こえたことと、女が、泉次郎さん、と口にしたことを話した。

「よし、踏み込もう」
市之介が言った。

4

市之介たち四人は、戸口に身を寄せて聞き耳をたてた。家のなかから話し声が聞こえた。男と女の声である。戸口に近い座敷に、泉次郎とおかねがいるらしい。夕めしでも、食っているのか、ときおり、汁を啜《すす》る音や箸を使っているような音が聞こえた。

……踏み込むぞ！

と、市之介は糸川たちに目で合図した。

すると、彦次郎と茂吉が戸口から離れ、家の脇にまわった。泉次郎は、背戸や家の脇の窓から飛び出すかもしれない。そのときは、彦次郎と茂吉で押さえるのだ。

市之介が表の板戸に手をかけた。戸締まりはまだらしく、戸はすぐにあいた。市之介と糸川は、すばやく土間に踏み込んだ。

土間につづく座敷に、男と女が腰を下ろしていた。泉次郎とおかねである。泉次郎は箸と茶碗を持ち、膝先には箱膳が置いてあった。おかねは、泉次郎の脇で世話を焼いていたらしい。

「てめえは、青井！」

泉次郎は、いきなり手にした茶碗を市之介にむかって投げ付けた。

茶碗は市之介の肩先をかすめ、後ろの板戸に当たって砕けた。土間に、めしと茶碗のかけらが飛び散った。

市之介は抜刀し、刀身を峰に返して座敷に踏み込んだ。泉次郎を峰打ちに仕留めようとしたのである。糸川もつづいた。刀を手にしている。

泉次郎は立ち上がると、すばやい動きで懐に呑《の》んでいた匕首《あいくち》を手にした。

ヒイイッ！

おかねが、喉を裂くような悲鳴を上げ、這って座敷の隅に逃れた。

「殺してやる！」

泉次郎は匕首を胸の前に構えた。顔が蒼ざめ、目がつり上がっている。逆上しているようだ。

市之介は刀を低い八相に構えると、腰を低くし、摺《す》り足で泉次郎に迫った。

「死ね!」

叫びざま、泉次郎が踏み込んできた。体ごとぶつかってくるような勢いで身を寄せ、市之介の胸をめがけて匕首を突き出した。

刹那、市之介は右手に跳びざま刀身を横に払った。俊敏な体捌《たいさば》きである。

ドスッ、というにぶい音がし、泉次郎の上半身が前にかしいだ。市之介の峰打ちが泉次郎の腹に入ったのだ。泉次郎は、グッ、と喉のつまったような呻《うめ》き声を上げ、腹を左手で押さえてうずくまった。

市之介はすばやい動きで、泉次郎の手にした匕首を奪うと、

「動くな!」

と声を上げ、切っ先を泉次郎の喉元に突きつけた。

すぐに、糸川が泉次郎の背後にまわり、泉次郎の両肩を押さえつけた。そこへ、彦次郎と茂吉が入ってきた。家のなかの叫び声や物音を聞きつけ、市之介たちが泉次郎を取り押さえたとみたのであろう。

「茂吉、泉次郎の両手を縛れ」

市之介が声をかけた。

「合点でさァ」

茂吉は、懐から細引を取り出した。茂吉は、岡っ引きのように細引まで持ち歩いていたのである。

茂吉と彦次郎とで、泉次郎の両腕を後ろに取って縛り上げた。

「おかねは、どうする」

糸川が訊いた。

おかねは、座敷の隅にうずくまり、身を震わせていた。顔が興奮と恐怖でひき攣《つ》っている。

「いっしょに連れて行こう」

おかねをここに残しておくと、白狐党の仲間に泉次郎が市之介たちに捕らえられたことを知らせるだろう、と市之介は思った。それに、おかねも泉次郎の仲間の白狐党のことを知っているかもしれない。

市之介たちは、おかねも後ろ手に縛った後、捕らえたふたりに猿轡《さるぐつわ》をかました。叫んだり、喚《わめ》いたりすると人目を引くからである。

泉次郎とおかねは、暗くなってから、神田相生《あいおい》町にある彦次郎の家の納屋に連れていくことにした。納屋といっても土蔵のような造りで、戸口の戸をしめれば物音や人声が外に洩れるようなことはない。

市之介たちは、これまでも捕らえた下手人や容疑者などを訊問《じんもん》するとき、彦次郎の家の納屋を使っていた。ときには、痛い目に遭わせることもあったので、ひそかに拷問蔵と呼んでいた。

辺りが夜陰につつまれると、市之介たちは泉次郎とおかねを借家から連れ出した。

納屋のなかは漆黒の闇につつまれていた。黴《かび》と埃の臭いがする。

彦次郎が燭台に火を点けると、納屋のなかは明らみ、市之介たちの顔を浮かびあがらせた。

納屋は古い建物だった。隅に古い長持や壊れた文机などが置かれていた。床板の根太《ねだ》が落ち、所々で蜘蛛《くも》が巣を張り、埃をかぶって垂れ下がっている。

「茂吉、おかねは、戸口に出しておいてくれ」

市之介は、泉次郎から訊問するつもりだった。

「へい」

茂吉は、すぐにおかねを外に連れ出した。

市之介は泉次郎の前に立ち、

「泉次郎、ここがどこか分かるか」

と、泉次郎を見すえて訊いた。

「ど、どなたさまかの、お屋敷で……」

泉次郎が、震えを帯びた声で言った。

密閉された納屋のなかには、異様な雰囲気がただよっていた。燭台の火に照らされ、市之介たちの顔や古い家具、蜘蛛の巣などが闇のなかに浮かび上がり、不気味さを醸《かも》し出していた。

「ここは、地獄だよ。おれたちは、鬼だ」

市之介が低い声で言った。

燭台の火に横から照らされた市之介の顔は、まさに殺鬼《せっき》のようだった。双眸《そうぼう》が熾火《おきび》のようにひかり、顔が爛《ただ》れたように赤みを帯びている。

「地獄だと……」

泉次郎の体が小刻みに顫《ふる》えだした。

「ここで何をしても、外には聞こえないはずだ。それにな、おまえとおかねを捕らえたことは、だれにも知られていない。ここで死ねば、おまえたちふたりは、人知れず地獄に堕《お》ちる」

「……！」

泉次郎が、恐怖に顔をゆがめた。

5

「では、訊くぞ」

市之介が、鋭い目で泉次郎を見すえた。

「白狐党、六人の名は」

「し、知らねえ。おれは、白狐党などと、かかわりはねえ」

泉次郎が声を震わせて言った。

「いまさら、白《しら》を切ってもどうにもなるまい。おまえは、白狐党の三人とおれや野宮どのを襲ったではないか」

「……！」

泉次郎の体の顫えが激しくなった。

「おまえが、白狐党の市村と権蔵の賭場に出入りしていたことも分かっている。それにな、おまえの頰の傷を、大松屋の者が見てるんだ。これだけそろえば、おまえが白を切ってもどうにもなるまい」

泉次郎の顔から血の気が引き、両肩ががっくりと落ちた。

……落ちる！

と、市之介は思った。

「もうひとりの町人の名は」

市之介が声をあらためて訊いた。

「ま、政造《まさぞう》で……」

「政造の生業は」

「中間でさァ」

「政造は、だれに仕えていたのだ」

政造の奉公先の主人が、白狐党のひとりではないか、と市之介は思った。

「お旗本のようで……」

「名は？」

「名は分からねえ。……あっしらは、殿さまと呼んでいたんで」

「殿さまだと！　そやつの屋敷は、どこだ」

市之介が語気を強くして訊いた。

「知らねえ。嘘じゃァねえ。あっしは、お頭の名も屋敷も知らねえんで」

「いま、お頭と呼んだな。その男が、白狐党の頭目か」

「そうでさァ」

「大柄か」

頭目は、大柄な武士と目されていた。

「へえ……」

泉次郎が、首をすくめるようにうなずいた。

「一味には、牢人もいたな。そやつの名は？」

「曽山宗兵衛《そやまそうべえ》さまで……」

「曽山とは、どこで知り合った」

市之介は曽山という男を知らなかった。

「権蔵親分の賭場でさァ」

泉次郎によると、曽山は権蔵の賭場の用心棒をやっていたという。

「曽山の住家《すみか》は？」

「知らねえ」

泉次郎によると、政造が一味のつなぎ役で、何かあると政造から連絡があったという。また、泉次郎から用件を伝えるときも、政造に話して他の仲間につないでもらったそうだ。

「それで、政造の塒は？」

泉次郎の話が事実なら、政造は一味の者たちの住家をすべて知っていたことになる。

「米沢町《よねざわちょう》の小菊《こぎく》ってえ小料理屋でさァ」

泉次郎の話では、小菊の女将が政造の情婦《いろ》だという。小菊は米沢町にある三橋《みはし》屋《や》という菓子屋の脇の横町を入ると、すぐのところにあるそうだ。

「三橋屋か」

市之介は、三橋屋を知っていた。さっぱりした甘味の羊羹《ようかん》がうまい、と評判の老舗《しにせ》の菓子屋である。

市之介の訊問が途絶えたとき、それまで黙って聞いていた糸川が、

「白狐党には、もうひとり武士がいたな」

と、泉次郎に訊いた。

「へい、山輪達之助《やまわたつのすけ》さまで」

泉次郎が、山輪は白狐党の頭に仕えている武士だと話した。頭に従っているこ

とが多く、名だけしか知らないという。

「家士のようだ」

山輪は、頭目の旗本に仕える家士らしい。

「これで、白狐一味六人のことが、あらかた知れたな」

糸川が言った。

捕らえた町人の泉次郎
つなぎ役の政造
牢人で、白波返しを遣う曽山宗兵衛
八十石取りの御家人、市村捨蔵
頭目に仕える家士の山輪達之助
名の知れない頭目の旗本

「だが、残る五人の居所がつかめていないぞ」

市之介が、糸川に目をやって言った。

「いまのところ、政造から手繰るしかないな」

と、糸川。

「小菊の女将だな」

女将から手繰れば、政造の塒はつかめるだろう、と市之介は思った。

「……ところで、白狐党は奪った金をどうしたのだ」

市之介が声をあらためて訊いた。

「ひとり頭二百両、手にしやした。……残りは、お頭が持っているはずでさァ」

大松屋と吉田屋に押し入ったときのそれぞれの分け前は、百両ずつだったという。都合、ひとり頭、二百両ということになる。

「いまも、頭目のところには、千八百両ほどの金が残っているのか。大金だな」

大松屋で奪った金が、千三百両、吉田屋が千七百余両である。都合三千余両になる。六人で二百両ずつ分けたとしても、千八百両ほど残っているのだ。

「ほとぼりが冷めたころ、お頭が分けると言ってやしたが……」

泉次郎が、言葉を濁した。残りの金をいつ分けるのか、はっきりしないようだ。

それから、市之介たちは、町人である泉次郎と政造の役割を訊いた。ふたりは、奉公人がすくなく金のありそうな店を探して下見し、一味の手引きをしていたという。また、町方の動きを探るのも、ふたりの役だったそうだ。

市之介たちは、泉次郎につづいておかねからも話を聞いた。納屋に連れてこられたおかねは、恐れおののき、隠す気などまったくなかった。

おかねは、市之介たちの問いのままに答えたが、たいしたことは知らなかった。おかねによると、泉次郎が久松町の借家に連れてきた男は、政造と曽山だけだという。

「政造たちと、どんな話をしたか覚えているか」

市之介が訊いた。

「いつも、博奕《ばくち》の話でした」

おかねが言った。

「権蔵の賭場の話か」

「いえ、お武家さまのお屋敷のような話でした」

「武家屋敷か……」

そう言えば、浜造も、市村と泉次郎は武家屋敷内の賭場で知り合ったような話をしていた。武家屋敷となると、頭目の旗本屋敷か市村の屋敷ということになるが——。

市之介たちはおかねの訊問を終えた後、あらためて泉次郎に、武家屋敷の賭場のことを訊いた。

「市村の旦那の屋敷で、博奕をやったことはありやす」

泉次郎が答えた。ただ、博奕といっても、ほんの遊びで、市村、泉次郎、政造、曽山、それに市村に仕える下男がくわわっただけだという。

「頭目の屋敷は？」

市之介が訊いた。旗本屋敷でも、博奕をやったことがあるのではあるまいか。

「政造や市村の旦那たちは、やったかもしれねえ」

泉次郎が小声で言った。

「そうか……」

市之介たちの訊問が終わると、

「あっしは、どうなるんで」

泉次郎が上目遣いに市之介を見ながら訊いた。

「さあな、町方が決めるだろうよ」

市之介は、機会をみて、泉次郎を野宮に引き渡すつもりでいた。おかねは、様子を見て帰してもいいだろう。

「……！」

泉次郎の顔が蒼ざめ、ガックリと両肩が落ちた。町方に、白狐党のひとりとして捕らえられれば、斬首は免れられないと分かっているようだ。

「自業自得だな」

市之介が低い声で言った。

いつの間にか、夜は明けていた。納屋の板戸の間から、朝の仄白《ほのじろ》いひかりが射し込んでいる。

6

市之介が自邸の表門から出ようとすると、茂吉が足早に近寄ってきて、

「旦那、表の通りに妙なやつがいやしたぜ」

と、不安そうな顔をして言った。

「妙なやつとは」

市之介は、くぐりの前に足をとめて訊いた。

「お屋敷近くで、通りかかった者をつかまえて話を訊いてたんでさァ」

その男は町人で、腰切半纏に黒股引姿だったという。茂吉が、通りに出て男に

目をやると、男は茂吉に気付いたらしく、踵を返し、逃げるようにその場から去っていったそうだ。

「おれたちのことを探っていたのかもしれんな」

男が白狐党の一味なら、政造ということになるが、決め付けるには早いだろう。いずれにしろ、用心せねばならない。今後も、白狐党は、市之介たちの命を狙ってくるのではあるまいか。

「茂吉、いっしょに行くか」

市之介が、くぐりから表に出たところで訊いた。

市之介は糸川たちと、米沢町にある小料理屋の小菊を探し出し、女将から話を聞いてみるつもりだった。

泉次郎とおかねの吟味を終えた日の昼過ぎだった。市之介たちは、いったん自邸にもどり、一眠りしてから米沢町に出かけることにしていたのだ。

「へい」

茂吉は、市之介の後についてきた。

市之介たちは、御徒町の道筋を抜けて神田川沿いの道に出ると、左手に足をむけた。神田川にかかる新シ橋のたもとで、糸川と彦次郎が待っていることになっていた。

いっとき歩くと、前方に新シ橋が見えてきた。

「旦那、糸川さまたちですぜ」

茂吉が声を上げた。

見ると、橋のたもと近くの路傍に、糸川と彦次郎が立っていた。まだ、遠方で顔ははっきりしないが、その姿からふたりと知れたのである。

市之介はふたりと顔を合わせ、新シ橋を渡り始めると、

「おれたちの様子を探っている者が、いるようだぞ」

と切り出し、茂吉に表の通りにいた町人のことを話すように指示した。

茂吉は、市之介に話したことを繰り返した。

糸川は茂吉の話を聞くと、

「白狐党のようだな」

と言って、顔をけわしくした。

「まちがいない。おれたちの命を狙っているとみていいぞ」

市之介が言った。

「どこかで、襲うかもしれませんね」

彦次郎が顔をこわばらせた。

「糸川と佐々野は、どうだ。後を尾《つ》けられたことは、ないか」

市之介が訊いた。

「いや、ないが……」

糸川が言うと、すぐに彦次郎が、

「わたしも」

と、言い添えた。

「いずれにしろ、油断はできん」

相手は白狐党だった。腕の立つ武士が四人もいる。下手をすると、糸川と彦次郎がいっしょでも、襲ってくるかもしれない。

そんなやり取りをしながら歩いているうちに、市之介たちは、日本橋の道筋を抜けて米沢町に入った。

「こっちでさァ」

茂吉が、賑やかな両国広小路《りょうごくひろこうじ》から右手の表通りに入った。通りの左手にひろがっている町並が、米沢町である。

表通りに入って間もなく、

「三橋屋ですぜ」

茂吉が指差した。

二階建ての大きな店である。店の脇に、「菓子司、三橋屋」とかかれた看板が出ていた。盛っている店らしく、何人もの客が出入りしていた。

三橋屋の脇に路地があった。横町らしく、ひとの出入りが多かった。路地沿いには、小体な店が軒をつらねている。

市之介たちは、横町に入った。小体なそば屋、縄暖簾を出した飲み屋、一膳めし屋、煮売酒屋など、飲み食いできる店が目につく。

「この店だ」

先を歩いていた茂吉が、路傍に足をとめた。

斜向《はすむ》かいに、小料理屋らしい店があった。戸口は、洒落た格子戸である。脇の掛け行灯《あんどん》に、小菊と書いてあった。

戸口に、暖簾が出ていなかった。まだ、店をひらいてないようだ。

「ちょいと、あっしが見てきやしょう」

そう言い残し、茂吉が小走りに小菊にむかった。

茂吉は客を装って小菊の店先に近寄り、なかの様子をうかがっていたが、すぐに踵を返してもどってきた。

「店はしまってやしてね。だれもいねえ」

茂吉によると、店内はひっそりとして物音も人声も聞こえなかったという。

「おかしいな」

すでに、八ツ半（午後三時）を過ぎているだろう。店開きの遅い小料理屋であっても、だれか来ているはずである。

市之介たちは、あらためて小菊の店先に行ってみた。格子戸を引いてみると、心張《しんば》り棒《ぼう》でもかかってあるのか、あかなかった。

様子がおかしい。店をとじたのではあるまいか。

「近所で、様子を聞いてみるか」

市之介は路地の左右に目をやった。

斜向かいに、そば屋があった。市之介は、客を送り出して、店にもどろうとしている小女らしい痩せぎすの女に近付き、

「つかぬことを訊くが、小菊は店をしめたのかな」

と、訊いた。

糸川たちは、すこし離れた路傍に立って、市之介と小女のやり取りに耳をかた

むけている。

「店が、しまってるんですか」

小女が、小菊に目をやった。

「しまっている。だれもいないようだ。……せっかく、来たのにな」

市之介は客を装って言った。

「変ねえ。店仕舞いするなんて聞いてないし、昨夜も、あいていたし……」

小女は、小首をかしげた。

「女将は、店に住んでいたのではないのか」

「いえ、お満《みつ》さん、通いでしたよ」

女将の名は、お満らしい。

「こ、こんなことを訊くと、鼻の下の長い男と思われそうだが……。女将の住居《すまい》は、知るまいな」

市之介は、わざと言葉をつまらせ、照れたような顔をして言った。何とか、女将の居所を訊き出そうとしたのである。

「旦那、隅に置けませんねえ」

女が口許に薄笑いを浮かべて言った。

「知らぬか、女将の住居を……」

「知らないわねえ。おとよさんなら、知ってるはずだけど……」

小女によると、おとよは小菊に勤めている女中だという。

「おとよの住居を、知っているかな」

市之介は、おとよに訊いてみようと思った。

「おとよさん、この先の長屋に住んでますよ」

小女の話によると、横町を二町ほど行くと、細い路地に突き当たり、その路地を左手にまがるとすぐ、登兵衛店《とうべえだな》という長屋があるという。おとよは、その長屋に住んでいるそうだ。

「手間をとらせたな」

市之介は、小女の前から離れた。

7

「おれと、茂吉とで行ってみる」

市之介が、糸川と彦次郎に言った。登兵衛店に行き、おとよから話を聞くだけなら、ふたりで十分と思ったのである。

「いや、おれたちも、行く」

糸川が言うと、彦次郎もうなずいた。ふたりは、市之介と茂吉だけで、御徒町まで帰したくないと思ったらしい。ふたりの胸には、白狐党に襲撃されるかもしれないという懸念があったのだろう。

「ならば、いっしょに行くか」

市之介は、登兵衛店にまわっても、そう手間はかからないと思った。それに、およの話によっては、政造か曽山を捕らえることになるかもしれない。

登兵衛店は、すぐに分かった。間口二間の古い棟割り長屋である。路地木戸から出てきた長屋に住む女房らしい女に、およの家を訊くと、突き当たりの棟の手前から二番目の家だと教えてくれた。

「四人で行くことはないな。おれと佐々野は、近所でおよよと政造のことを聞き込んでみよう。……知る者がいるかもしれない」

糸川が言った。

市之介と茂吉は、糸川たちをその場に残して路地木戸をくぐった。およの家の前まで行くと、腰高障子の向こうで水を使う音が聞こえた。およが、土間の隅の流し場で洗い物でもしているのかもしれない。

「ごめんよ」

茂吉が、声をかけて腰高障子をあけた。

市之介は茂吉につづいて家に入ったが、流し場とは離れて立った。この場は、茂吉にまかせるつもりだった。

土間の隅の流し場に、小太りの大年増が立っていた。濡れた丼を手にしたまま振り返り、怯《おび》えるような顔をして茂吉と市之介を見た。家のなかには、その女しかいなかった。

「おとよさんかい」

茂吉が猫撫で声で訊いた。女が怯えて、家から飛び出したら面倒だと思ったのだろう。

「そ、そうです」

女が震えを帯びた声で言った。

「心配することたァねえ。……おとよさんに、ちょいと訊きてえことがあって来たんだ。小菊のことでな」

「何ですか」

おとよの顔は、まだこわ張っていた。

「こちらの旦那がな、半年ほど前《めえ》に小菊に立ち寄って、女将のお満を気に入ったらしいのだ。……一度だけなので、おめえもお満も旦那のことを覚えてねえだろうが、旦那の方はお満が忘れられなくなっちまった」

そう言って、茂吉はおとよに目をやった。口許に薄笑いが浮いている。

市之介は渋い顔をしたが、黙っていた。お満と政造の居所を聞き出すために多少のことは我慢しようと思ったのである。

「それでな、今日来てみると、小菊はとじたままだ。店には、だれもいねえ。……近所で訊いてみると、おとよさんなら分かると言われてな。こうやって、旦那とふたりで来てみたのよ」

茂吉が言った。なかなか巧みな作り話である。

「そうなのよ。昨夜、急に女将さんが、店をしめるから、明日からしばらく来なくていいと言い出したの。……店はけっこう盛っていたし、あたしにも何で店をしめるのか、分からないのよ」

おとよの口吻《こうふん》には、戸惑うようなひびきがあった。

市之介は、おとよの話を聞いて、女将のお満は、政造に言われて店をしめたのではないかと思った。

おそらく、政造は、泉次郎とおかねが捕らえられたのを昨夜のうちに知ったのだ。そして、捕らえられたふたりの口から、小菊のことが知れるとみて、逸早《いちはや》く店をしめ、姿を消したにちがいない。

「女将は、どうして店をしめるのか、おめえに話さなかったのかい」

茂吉が訊いた。

「そうなの。……でもね、女将さんに、一月もすれば、また店をあけるから、そのときは来てくれ、と言われたので待つことにしたのよ。左官の亭主が、一月ぐらいなら骨休みのつもりで、のんびりすればいい、と言ってくれたし……。そうするしかないからね」

おとよは、でも、一月したら店をあけるか、分からないよ、と小声で言い添えた。

「ところで、女将さんはどこに住んでるんだい」

茂吉が訊いた。

「あたし、行ったことないけど、川向こうの元町《もとまち》と言ってましたよ」

「本所《ほんじょ》か」

本所元町は、大川にかかる両国橋を渡った先である。

「お満の家は、長屋かい」

「借家らしいよ」

そう言った、おとよの顔に不審そうな色が浮いた。茂吉が根掘り葉掘り訊くので、様子がおかしいと思ったのだろう。

そのとき、脇で聞いていた市之介が、

「お女中、これだけは教えてくれ。女将は、おれに亭主はいないと言っていたが、嘘ではあるまいな」

茂吉の脇から、身を乗り出すようにして訊いた。政造のことを何とか聞き出そうとしたのである。

おとよは、市之介に目をやり、

「亭主はいないけど……。独りじゃァないみたいですよ」

と、小声で言った。市之介を見る目に当惑の色があった。市之介がお満に夢中になっているとみて、気の毒に思ったのかもしれない。

「なに、男がいっしょに住んでいるのか」

市之介は、驚いたような顔をして声を上げた。なかなか芸達者である。

「そうなの。……お侍さま、女将さんのことは、お忘れになった方が……」

おとよが、市之介を上目遣いに見ながら小声で言った。

「うむ……」

市之介は、苦虫を嚙み潰したような顔をして、

「お満め、おれを騙《だま》しおったな」

と、吐き捨てるように言った。

市之介は、おとよに、

「おれが、お満のことを訊きにきたことは、誰にもしゃべらないでくれ」

と言い置き、茂吉を連れて長屋を後にした。

路地木戸を出ると、糸川と彦次郎が待っていた。

「歩きながら話そう」

市之介が、糸川と彦次郎に言った。

陽は西の家並の向こうに沈んでいた。西の空が、血を流したような夕焼けに染まっている。いまからでは、御徒町に着く前に暗くなるだろう。

「政造の居所が、つかめるかもしれんぞ」

市之介が、政造は小菊の女将のお満と本所元町の借家に住んでいることを話し

た。

「まだ、借家がどこにあるか、分からないのだな」

糸川が訊いた。

「元町の借家をあたれば、何とか嗅ぎ出せるはずだ」

元町は両国橋の東の橋詰に位置する繁華な町なので、借家はあまりないだろう、と市之介は思った。

「そうだな」

「糸川たちは、どうだ、何か知れたか」

市之介が訊いた。

「こっちは、まったく駄目だ。……お満を知っている者がいたが、政造につながることは何も出てこなかったよ」

糸川がうんざりした顔で言った。

「ともかく、明日にも、政造を押さえたいな。……政造は用心深い男のようだ。日を置くと、元町の借家からも姿を消すかもしれん」

市之介は、小菊をしめた手際のよさをみても、政造は元町の借家にも長くいないとみていた。

「分かった。明日、また手分けして借家を探そう」

糸川が歩きながら言った。

第四章　博奕《ばくち》屋敷

1

市之介と茂吉が新シ橋のたもとで待っていると、糸川と彦次郎が姿を見せた。ふたりは慌てた様子で足早にやってくる。

四ツ（午前十時）に、橋のたもとで待ち合わせたのだが、市之介たちの方が早く着いたのだ。

四人は、これから本所元町に行くことになっていた。白狐党のひとり、政造の塒《ねぐら》を探して捕らえるためである。

曇天だった。上空を厚い雲がおおっているせいか、夕暮れ時のように薄暗かった。

市之介は糸川たちと顔を合わせると、新シ橋を渡りながら、

「雨が、くるかな」

と、上空に目をやって言った。降られると厄介だった。元町の町筋を歩きまわるのに難儀するだろう。

「雲に切れ間がある。……降らないと思うがな」

糸川が言った。

言われてみれば、西の空の雲に切れ間があった。それに、風で雲が流れているようだ。

「ともかく、元町まで急ごう」

市之介たちは、足を速めた。

市之介たち四人が新シ橋を渡り終え、柳原通りを東にむかって一町ほど歩いたときだった。

新シ橋のたもとにいた武士が、

「跡を尾《つ》けてみるか」

とつぶやき、市之介たちの後を追って足早に歩きだした。

どうやら、武士は市之介たちのことを知っているようである。白狐党のひとりかもしれない。

武士は小袖に袴姿で、網代笠《あじろがさ》をかぶっていた。武士は人通りの多い両国広小路に出ると、小走りになって市之介たちとの間をつめた。広小路の混雑のなかで、市之介たちの姿を見失う恐れがあったからであろう。

前を行く市之介たちは広小路の混雑を抜け、両国橋を渡り始めた。

武士は、さらに市之介たちの跡を尾けていく。

市之介たち四人は、両国橋の東の橋詰を抜けると、そのまま東にむかい、元町の通りに入って路傍に足をとめた。そして、四人で何やら言葉を交わした後、ふたりずつに分かれた。

……青井たちは、政造の塒を探しに来たらしい。

と、武士は察知した。それも、元町にまっすぐ来たことからみて、政造の塒が元町にあることを知っているようだ。

「すぐに、手を打たねばならぬ」

武士はそうつぶやくと、踵《きびす》を返し、来た道を足早に引き返した。

市之介と茂吉は、元町の通りを南にむかった。ふたりは、竪川沿《たてかわぞ》いの町から聞き込みを始めようと思ったのだ。

一方、糸川と彦次郎は、北に足をむけた。北よりの町から、政造の塒を探すのである。

市之介たちは竪川沿いの通りに出ると、人通りの多い町筋から長屋や借家のありそうな路地に入った。

「旦那、だれかに訊《き》いてみやしょうか」

歩きながら、茂吉が言った。

「そうだな」

市之介も、闇雲に歩いていても埒《らち》が明かないと思った。

路地をいっとき歩くと、長屋に住む女房らしい女が通りかかった。

茂吉が女に近付き、

「ちょいとすまねえ。この近くに借家はあるかい」

と、声をかけた。

市之介は、すこし離れた路傍に立っていた。

「借家かい」

女は不審そうな目で茂吉を見た。面長で目の細い、狐のような顔をした四十がらみの女である。

「なに、後ろの旦那が、借家を探してるんだ。……訳有りでな」

茂吉が口許に薄笑いを浮かべ、声をひそめて言った。茂吉は、市之介が妾宅《しょうたく》を探していることを匂わせたのだ。

「そうかい。……この先の八百屋の脇にあるよ」

女も小声で言い、チラッと、市之介に目をやった。

「八百屋の脇だな」

茂吉はすぐに女から離れ、市之介のそばにもどると、

「この先に、借家があるそうでさァ」

と、伝えた。顔の薄笑いを消している。

「行ってみよう」

市之介は、女が市之介に好奇の目をむけていたのが気になったが、何も訊かなかった。

路地を一町ほど歩くと、八百屋があった。その脇に、借家らしい仕舞屋《しもたや》がある。八百屋の親爺に訊くと、仕舞屋は借家とのことだった。

「住んでいるのは、町人か」

市之介が訊いた。

「そうでさァ」

「政造という男ではないか」

市之介は、政造の名を出した。

「いえ、与五郎《よごろう》さんというご隠居ですよ」

親爺によると、与五郎は竪川沿いの通りに店のある瀬戸物屋の隠居で、還暦にちかいという。十年ほど前から、妾といっしょに住んでいるそうだ。

……政造ではない。

すぐに、市之介は思った。

市之介と茂吉は、親爺に礼を言って店先から離れた。

それから、ふたりは借家のありそうな路地を歩き、政造の塒を探したが、それらしい借家は見つからなかった。

「そろそろ、橋のたもとにもどるか」

市之介が茂吉に言った。

市之介は糸川たちと分かれるとき、一刻半（三時間）ほどしたら両国橋のたもとにもどることにしてあった。そうでないと、どちらかが政造の塒をつかんでも、一方はいつまでも探しつづけることになるからだ。

「旦那、糸川さまたちが来てますよ」

茂吉が、橋のたもとを指差した。

糸川と彦次郎が、大川の川岸近くで待っていた。

市之介たちが近付くと、

「青井、政造の塒が知れたぞ」

すぐに、糸川が言った。

「知れたか!」

思わず、市之介が声を上げた。

「回向院《えこういん》の裏手だ」

糸川によると、政造とお満は借家にいるらしいという。

「ふたりだけか」

市之介が念を押すように訊いた。

「そのようだ」

糸川が、どうする、と市之介に訊いた。

「今日のうちに、捕らえたいな」

日を置けば政造が姿を消す恐れがあったし、白狐党の動きも気になる。市之介たちに目を配っているかもしれない。

「ともかく、政造のいる借家をみてくれ」

糸川が言った。

「分かった」

市之介たち四人は、ふたたび元町の通りへむかった。

2

「その、板塀をまわした家だ」

糸川が指差した。

こぢんまりした仕舞屋で、家の両脇と裏手に板塀がめぐらしてあった。戸口は板戸になっている。

そこは、回向院の裏手の路地だった。人影のすくない路地で、小体な店や長屋、仕舞屋などがあったが、空き地や笹藪なども残っていた。

「近付いてみるか」

　市之介たちは四人ばらばらになり、通行人を装って仕舞屋に近付いた。

　市之介は歩きながら仕舞屋の戸口に近寄り、聞き耳をたてた。家のなかから、くぐもったような話し声が聞こえた。何を話しているか分からなかったが、男と女の声であることは聞き取れた。政造とお満であろう。

　仕舞屋の前を通り過ぎ、一町ほど離れたところで、市之介は路傍に足をとめた。後続の糸川たちが集まると、

「政造とお満は、いるようだな」

　市之介が言った。

「捕らえるか」

　糸川が顔をけわしくして言った。

「まだ、早い。やるなら、暮れ六ツを過ぎてからだ」

　路地には、ぽつぽつ人影があった。それに、仕舞屋の近くには、長屋もあった。政造の家に踏み込んで捕らえ、縄をかけて連れ出すと大騒ぎになるだろう。

「陽が沈むまでに、一刻半（三時間）はあるな」

　糸川が西の空に目をやって言った。

来るときは、雲でおおわれていた空も、いまは晴れ間がひろがり、上空には陽の色があった。

「腹ごしらえをしてくるか」

市之介が言った。

朝餉《あさげ》だけで、昼食をとっていなかった。ひどく腹が空いている。糸川たちも、同じであろう。

「そうしやしょう」

茂吉が、声を大きくして言った。

市之介たちは交替で、この場に来るときに見かけた近くの一膳めし屋で腹拵《はらごしら》えをしてくることにした。

糸川と彦次郎が、先にその場を離れた。市之介と茂吉は、仕舞屋から半町ほど離れた空き地の笹藪の陰に身を隠して、政造を見張った。

糸川たちは、半刻（一時間）ほどして帰ってきた。つづいて、市之介と茂吉が一膳めし屋に出かけた。

市之介は茂吉とともに笹藪の陰にもどると、

「どうだ、政造たちの動きは？」

すぐに、糸川に訊いた。

「一度、お満が家から出たが、すぐにもどった」

糸川によると、お満は近所の酒屋に酒を買いにいったらしく、貧乏徳利を手にして家を出たという。

「そろそろだな」

市之介が西の空に目をやって言った。

陽は西の家並の向こうに沈んでいた。西の空にひろがった雲が、茜色《あかねいろ》に染まっている。

そのとき、暮れ六ツの鐘が鳴った。いっときすると、路地のあちこちから戸をしめる音が聞こえだした。路地沿いの店が商いを終え、表戸をしめ始めたのである。

「行くぞ」

市之介たちは、笹藪の陰から路地に出た。

路地の人影も、すくなくなっていた。ときおり、おそくまで仕事をした出職の職人や仕事帰りに一杯ひっかけたらしい大工などが、通りかかるだけである。

市之介たち四人は、足音を忍ばせて仕舞屋の戸口に近付いた。

戸口は板戸になっていた。茂吉が戸を引くと、一寸ばかりあいた。まだ明るいので、戸締まりはこれからだろう。

市之介があいた戸の隙間から、なかを覗いた。

狭い土間があり、その先に障子がたててあった。座敷になっているらしい。まだ、障子に灯の色はなかった。その座敷の右手に廊下があった。奥に通じているようだ。

……座敷に、いる！

市之介は、察知した。障子の向こうで、かすかに瀬戸物の触れ合うような音がした。衣擦れの音もする。

「ふたりいるぞ」

市之介は、声を出さずに、口の動きだけで糸川たちに伝えた。

そのとき、路地を足早に歩いてくる人影があった。

三人――。いずれも武士だった。黒布で頰っかむりし、顔を隠している。三人とも小袖に袴姿で、腰に刀を帯びていた。ひとりは、市之介たちを尾行した武士だった。山輪達之助である。他のふたりは、御家人の市村捨蔵と牢人の曽山宗兵衛である。

三人は、戸口に集まっている市之介たちの姿を目にすると、路傍に足をとめた。

「斬るか」

曽山が訊いた。

「そのつもりだ」

市村が、曽山と山輪に目をやって言った。

三人は店仕舞いした店の脇に身を寄せて、袴の股《もも》だちを取り、刀の目釘を確かめた。


市之介は糸川たちに、踏み込むぞ、と目で合図し、引き戸を一気にあけた。

土間に市之介、糸川、彦次郎が踏み込んだとき、

「だれだ！」

障子のむこうで、男の怒鳴り声がした。

つづいて、女の「な、何人も、いるよ！」という甲走《かんばし》った声が聞こえた。

かまわず、市之介が障子をあけはなった。

座敷に政造と年増の姿があった。年増は、お満であろう。政造は立ち上がって

いた。その足元に、貧乏徳利と湯飲みが置いてある。酒を飲んでいたらしい。

「て、てめえは、青井！」

政造が目をつり上げて叫んだ。

女は躄《いざ》るように、座敷の隅に逃げた。顔が紙のように蒼ざめている。

市之介は刀の柄に手をそえたまま、座敷に上がった。つづいて、糸川も上がった。彦次郎と茂吉は、土間で政造とお満に目をやっていた。何かあれば、座敷に踏み込めるように身構えている。

政造は隣の部屋との境にたててある襖に背をあて、

「お、おれを、斬る気か……」

と、声を震わせて言った。抵抗する気はないのか、つっ立ったまま身を顫《ふる》わせている。

「おまえ、次第だ。おとなしくすれば、斬る気はない」

市之介が、政造の首筋に切っ先をむけると、

「き、斬るな……」

政造は、その場にへたり込んだ。

これを見た茂吉と彦次郎は、すばやく座敷に踏み込み、政造の両腕を後ろにと

って縄をかけた。

「女は、どうしやす」

茂吉が訊いた。

「女も、連れていこう」

市之介は、お満も白狐党の仲間のことを知っているのではないかと思った。

「へい」

すぐに、茂吉がお満にも縄をかけた。

3

座敷は薄暗かった。夕闇が濃くなってきたらしい。

「ふたりを連れ出すか」

市之介が、糸川たちに声をかけたときだった。

ヒタヒタと、戸口に近寄ってくる足音がした。

「だれか、来るぞ!」

市之介が声を殺して言った。

「ひとりではない、三人はいる」

糸川の顔が、けわしくなった。

足音は戸口でとまった。市之介たちは、刀の柄を握り、戸口の板戸を睨むように見すえた。

ゆっくりと、板戸があいた。

濃い夕闇のなかに、黒い人影が浮かび上がった。三人いる。いずれも、武士体だった。三人とも、抜き身を手にしていた。夕闇のなかに、三人の刀身が銀蛇のようにひかっている。

「曽山たちだ！」

市之介が声を上げた。

三人は黒布で頰っかむりしていたが、その体付きや黒布の間から見える目や鼻で、だれか分かった。

曽山、市村、山輪の三人である。三人は、次々に土間に踏み込んできた。

市之介は抜刀した。糸川と彦次郎も、後じさりながら刀を抜いた。茂吉は、なぜかお満の前に立って十手《じって》を懐から取り出した。顔は、恐怖でひき攣《つ》っている。

「彦次郎、茂吉、廊下に出ろ！」

市之介が叫んだ。

座敷は八畳だった。七人もの男が狭い部屋のなかで入り乱れて刀をふるえば、犠牲者が何人も出る。刀法も剣の腕も、あまり役にたたない。刀をふりまわしての殺し合いになる。

すぐに、彦次郎が左手の廊下に出た。茂吉はお満の縄をとり、引き摺《ず》るようにして廊下に連れ出した。

曽山が座敷に踏み込み、市之介の前に立った。

つづいて、市村と山輪も座敷に上がり、市村が糸川と対峙した。山輪は、廊下に出た彦次郎と茂吉に目をやったが、そのまま市村たちの背後にとどまっていた。

曽山と市村の闘いぶりを見て、助太刀するつもりであろうか。

「青井、命はもらったぞ」

曽山は切っ先を市之介の目にむけた後、切っ先を下げて下段に構えた。

曽山の身構えには、覇気がなかった。両肩が下がり、ぬらりと立っているだけに見える。それでいて、身辺から異様な殺気をはなっていた。

……下段崩《げだんくず》しか！

以前、市之介と立ち合ったときと同じ構えである。

市之介は青眼から刀身をすこし下げ、剣尖《けんせん》を曽山の鳩尾《みぞおち》につけた。下段に応じるために、低い青眼に構えたのである。

市之介と曽山の間合は、一間半ほどだった。立ち合いの間合としては、近過ぎる。狭い座敷のため、間合をひろくとれなかったのだ。それに、振りかぶって斬り込むと、切っ先が鴨居にとどいてしまう。

曽山は動かなかった。下段崩しの構えをとったまま、市之介の動きを見つめている。

一方、市村と糸川も、相青眼《あいせいがん》に構えたまま動かなかった。ただ、ふたりは全身に激しい気勢を込め、斬撃の気配を見せていた。どちらかが仕掛ければ、一気に斬り合いになるはずである。

そのとき、曽山の背後にいた山輪が動いた。刀を低い八相に構えたまま、座敷の隅に逃れていた政造のそばに摺り足で近寄った。

「山輪の旦那！　助けに来てくれたんですかい」

政造は、よろめくような足取りで山輪に身を寄せた。

「政造、おれがあの世に送ってやる」

言いざま、山輪が八相から袈裟に斬り下ろした。

政造が驚愕に目を剝いた瞬間、ザクリ、と肩から胸にかけて小袖が裂けた。

ギャッ！　と叫び、政造が後ろによろめいた。肩の傷口から噴出した血が襖に飛び散り、バラバラと音を立てた。襖が、赤い花弁を散らしたように染まっていく。

政造は肩から襖に突き当たり、足がとまると、腰から沈むようにその場にへたり込んだ。政造は呻《うめ》き声を上げ、体を顫わせている。激しい出血だった。政造のまわりの畳にも、血が飛び散った。辺りは、血の海である。

これを見た市村は、すばやく後じさり、糸川との間合をとると、

「引け！　政造は片付いた」

叫びざま、反転した。

「青井、今日の勝負はこれまでだ」

曽山も後じさり、間合をとって反転すると、土間へ飛び下りた。

つづいて、市村と山輪が座敷から土間へ下りた。

「逃げたぞ！」

糸川が叫んだが、座敷から動かなかった。

市之介も、呆気《あっけ》にとられたような顔をして、戸口から飛び出していく曽山たち

の後ろ姿を見送った。

……曽山たちは、政造の口封じに来たのだ！

市之介は気付いた。

政造に目をやると、襖を前にして畳に尻餅をついていた。全身血塗《ちまみ》れだが、政造はまだ生きているようだ。低い呻き声を洩《も》らしている。

市之介は、政造のそばに走り寄った。

「政造、白狐党の頭目は、だれだ！」

市之介は声を大きくして訊いた。

すぐに、糸川が市之介のそばに来た。糸川も、政造が生きていれば、白狐党のことが聞けるとみたようだ。

「……よ、吉住《よしずみ》さま……」

政造が喘《あえ》ぎながら言った。顔が土気色をし、体が顫えている。だれの目にも、政造の命は長くないと知れた。

「旗本か？」

「……」

政造がちいさくうなずいた。

「吉住の屋敷は、どこだ？」

政造は何か言いかけたが、言葉にならなかった。顔から血の気が引き、息が荒くなっている。

「頭目の屋敷は、どこだ」

市之介が叫ぶような声で訊いた。

すると、政造は顎《あご》を突き出すようにして、グッと喉のつまったような声を洩らした。次の瞬間、政造の全身から力が抜け、頭が前に垂れた。

「死んだ……」

市之介が、つぶやいた。


市之介たちは、廊下にいるお満からも話を訊いた。

お満は、紙のように蒼ざめた顔で、激しく身を顫わせていた。お満は、政造が山輪に斬られたところを見ていたのだ。

「お満、踏み込んできた三人の武士は白狐党の者だ。……政造が、白狐党の仲間だと知っていたのか」

市之介が訊いた。

「……し、知りません」

お満は、激しく首を横に振った。

「そうか。……ところで、先ほど踏み込んできた三人の武士だが、名を聞いているか」

「か、顔が、見えなかったので……」

「三人の名は、市村捨蔵、曽山宗兵衛、山輪達之助だ。……政造から、聞いたことがあるだろう」

市之介は三人の名を出した。

「市村さまは、小菊に来たことがあります」

お満が、小声で言った。いくぶん、体の顫えは収まっている。自分も殺されるという恐怖が、なくなったせいかもしれない。

「市村の家は、どこか聞いているか」

市之介は、市村の住居が知りたかった。八十石の御家人と聞いているので、相応の屋敷があるはずである。

「下谷《したや》と聞いたことがあります」

「下谷のどこだ」

市之介は、下谷だけでは探しようがないと思った。下谷はひろい。それに、御家人や旗本の屋敷が多かった。

「三枚橋《さんまいばし》の近くと、聞いたような気がします」

「三枚橋だと」

つきとめられる、と市之介は思った。

三枚橋は、御徒町通りを北にむかうと突き当たる。不忍池《しのばずのいけ》から流れ出す忍川《しのぶがわ》にかかる橋である。忍川は幅二間ほどの小川で、三枚橋もちいさな橋だった。その橋の近くで、市村という八十石の御家人の家を探ればいいのだ。

それから、市之介と糸川は、白狐党の頭目である吉住、一味の曽山と山輪、それぞれの住家を訊いたが、お満は知らなかった。

市之介たちの訊問《じんもん》が終わると、

「お満は、どうします」

と、彦次郎が訊いた。

「お満も、彦次郎の家の納屋に閉じ込めておくか」

市之介は、ちかいうちに、捕らえてある泉次郎とおかね、それに、お満の三人を野宮に引き渡そうと思った。納屋で三人も監禁するとなると、佐々野家の負担が増すはずだ。それに、野宮にすれば、泉次郎、おかね、お満の三人から白狐党のことを聞き出せば、探索の手を絞れるだろう。

「お満、いっしょに来い」

市之介が声をかけ、茂吉が縄を持ってお満を外に連れ出した。

すでに、辺りは深い夜陰につつまれていた。細い三日月が、雲間から市之介たちを覗くように顔を出している。

4

市之介たちが、政造の塒に踏み込んだ三日後——。

彦次郎の家の木戸門の脇に、十人ほどの男が立っていた。北町奉行所の定廻《じょうまわ》り同心の野宮清一郎と林崎栄之助《はやしざきえいのすけ》、それにふたりが連れてきた手先たちだった。

野宮の腕の傷は、すっかり癒えたようだ。林崎は、野宮とともに白狐党の探索にあたっている若い同心である。

六ツ半（午後七時）を過ぎているだろうか。辺りは夜の帳《とばり》につつまれ、通り沿いの武家屋敷もひっそりと静まっている。

市之介、糸川、彦次郎の三人は、捕らえた泉次郎、おかね、お満の三人を連れて、野宮たちのそばに歩を寄せた。

「話しておいた泉次郎たちだ」

市之介と糸川が、泉次郎たち三人を野宮たちに引き渡した。

夜になってから引き渡したのは、泉次郎の身柄が町方の手に渡ったことを秘匿《ひとく》するためである。白狐党の者が知ったら、それぞれの住家から姿を消す恐れがあった。白狐党にすれば、市之介たち目付筋の者より、町奉行所の動きの方が気になっているはずである。

三人は後ろ手に縛られ、泉次郎だけが猿轡《さるぐつわ》をかまされていた。泉次郎は観念し、逃げる素振りは見せなかったが、念のためである。また、おかねとお満は、白狐党とは直接かかわりないようなので、野宮たちの訊問に応じ、事件の片がつけば放免されるだろう。

「さすが、公儀の方たちだ。……われらより、手が早い」

野宮が苦笑いを浮かべて言った。

「いや、たまたま情婦《おんな》の筋から、泉次郎が浮かんだだけだ」

市之介が言った。

「ところで、政造を斬ったのは、おぬしたちか」

野宮たちは、政造の死体を発見したようだ。市之介たちが、政造を斬ったと思ったのかもしれない。

「いや、おれたちではない。白狐党の者たちだ」

市之介は、その日の様子を話した。

「すると、口封じに、政造を殺したのだな」

野宮の顔がきびしくなった。

「そのようだ」

「白狐党一味で、残ったのは四人か」

「いずれも武士だ」

市之介は、四人の名は口にしなかった。旗本や御家人もいるので、町方より早く四人の身柄を確保したかったからだ。糸川と彦次郎も、同じ思いであろう。

「泉次郎を吟味すれば、四人のことも知れるな」

野宮が言った。

「知れるはずだ」

市之介は、自分たちがつかんでいる白狐党四人のことは、あらかた知れるだろうと思った。

野宮は市之介たち三人に礼を言うと、

「連れていけ」

と、手先たちに声をかけた。

野宮は、泉次郎たちを舟で南茅場町《みなみかやばちょう》にある大番屋に連れていくと話していた。神田川の和泉橋付近の桟橋に舟が繋いであるのだろう。

神田川から大川に出て、日本橋川を遡《さかのぼ》れば、南茅場町の大番屋近くの桟橋に舟を着けられる。大番屋には、吟味の場や仮牢《かりろう》があるので、そこで泉次郎たちを吟味するにちがいない。

野宮たち一行が、夜陰のなかに消えると、

「家に入ってください」

彦次郎が声をかけ、市之介たちをあらためて門内に招じ入れた。

市之介、糸川、彦次郎の三人は、座敷に腰を下ろした。茂吉だけは、台所にまわった。下男が茶を淹《い》れてくれるだろう。

市之介たち三人は、今後の探索をどうするか、相談するつもりだった。ただ、夜分なのでそう長くはいられない。

「野宮どのたちは、すぐに手を打ってくるだろうな」

糸川が言った。

「その前に、市村の居所をつかみたいな」

おそらく、お満は町方の吟味のおりに、市村の屋敷が下谷の三枚橋の近くにあることを口にするだろう。ただ、市村が御家人であると分かれば、すぐに捕縛しないで、身辺を探るはずである。その間に、市之介たちが市村の身柄を確保することはできる。

「明日にも、下谷に行きますか」

彦次郎が言った。

「そうしよう」

いまは、一刻も早く市村を捕らえて、頭目の吉住の住家をつきとめねばならない。

「御目付のご指示も、仰がねばなるまい。……市村は御家人だし、吉住は旗本らしいからな」

糸川が、市之介と彦次郎に目をやって言った。

「ともかく、市村の居所をつかんでからだな」

市之介たちは、明日、四ツ（午前十時）ごろ、三枚橋のたもとに集まることを話して腰を上げた。


市之介が茂吉を連れて三枚橋に行くと、糸川と彦次郎の姿があった。ふたりは、
網代笠を手にしていた。

市之介が、ふたりの笠に目をやって、笠を用意したのか、と声をかけると、

「この辺りは、御家人の屋敷が多い。おれたちが、目付筋だと知っている者もいるかと思ってな」

糸川が答えた。

「おれは、いいかな」

市之介は笠を用意していなかった。

「青井はかまわんだろう。……目付筋と思う者はいないからな」

「うむ……」

おれは、どうせ、非役だ、と口から出かかったが、苦笑いを浮かべただけだった。糸川たちに、愚痴をこぼしても始まらない。

「近くで、訊いてみるか。そう手間はかからないはずだ」

市之介が言った。

「そうしよう」

三人は、通りに目をやった。

四ツを過ぎているせいか、人通りはすくなかったが、それでも供連れの武士やお仕着せ姿の中間《ちゅうげん》などが、通りかかった。

「あの中間に、訊いてきやしょう」

茂吉が言い残し、三枚橋を渡って来るふたり連れの中間に近付いた。

市之介たちが忍川の岸際に立って見ていると、茂吉はふたりの中間になにやら声をかけ、いっしょに歩きながら話していたが、橋を渡り終えたところで中間たちと離れた。

茂吉は市之介たちのそばへ小走りにもどり、

「旦那、市村の屋敷が知れやしたぜ」

と、うわずった声で言った。

「知れたか」

「へい、橋を渡って一町ほど行くと、右手に市村の屋敷があるそうでさァ。斜向《はすむ》かいに、三百石の旗本の屋敷があるので、目印にするといいと言ってやした」

「行ってみよう」

市之介たちは、すぐにその場を離れた。

5

「あの屋敷だ」

市之介が旗本屋敷の築地塀《ついじべい》の前に足をとめ、斜向かいにある武家屋敷を指差した。

粗末な引戸門だった。門はしまっている。屋敷は板塀にかこわれているが、所々板が朽ちて剝げている箇所もあった。板塀越しに、庭に植えられた松と椿《つばき》が見えたが、久しく植木屋の手が入らないとみえ、枝葉がぼさぼさに伸びている。

「荒れた屋敷だな」

市之介には、荒廃した屋敷に見えた。

「市村はいるかな」

糸川が言った。

「近付いてみるか」

　市之介たちは、その場を離れた。

　四人はばらばらになり、通行人を装って市村家の屋敷に近付いた。糸川と彦次郎は網代笠をかぶっている。

　市之介の後を、茂吉が中間のような顔をしてついてきた。

　市之介は板塀の剝げた隙間から、屋敷内を覗いてみた。屋敷は外で見るより荒れていた。狭い庭は雑草におおわれ、屋敷の庇《ひさし》は朽ちて垂れ下がっている。

「だれも、いないのかな」

　屋敷内は静寂につつまれていた。

「旦那、声がしやす」

　茂吉が声をひそめて言った。

　かすかに、話し声が聞こえた。ふたりとも女らしい。ひとりは武家言葉だった。市村の妻女《さいじょ》が下女と話しているのかもしれない。

　市之介と茂吉は、その場から離れた。長く屋敷内を覗いているわけにはいかない。通りすがりの者が目にして、不審を抱くだろう。

　後ろから来る糸川たちも門前に身を寄せ、ほんのすこし足をとめただけで、すぐに歩きだした。

市之介は旗本屋敷の築地塀の前にもどると、糸川と彦次郎に屋敷内で女の声が聞こえたことを話した。

「男の声は、しなかったのか」

糸川が訊いた。

「聞こえなかったな」

「妻女か下女がいるなら、市村は屋敷にもどってくるはずだな」

市村は、橘町の妾宅から姿を消した後、自邸にもどったとみていい。

「市村だけでなく、曽山や山輪も姿を見せるかもしれんぞ」

市之介は、泉次郎が市村の屋敷で博奕をやったことがある、と話したのを思い出した。泉次郎は、政造や曽山の他に市村家の下男もくわわっていたとも口にした。

「しばらく、張り込んでみるか」

糸川が男たちに目をやって言った。

「長丁場になるな。……交替して、張り込もう」

四人もで見張ることはない、と市之介は思ったのだ。

市之介たちは、また二手に分かれることにした。陽は西の空にまわっていた。

すでに、八ツ（午後二時）を過ぎているだろう。これから一刻（二時間）ほど、糸川と彦次郎が見張り、その後、暮れ六ツ（午後六時）過ぎまで、市之介たちがつづけることにした。

市之介は、糸川たちと別れると、

「茂吉、そばでも食うか」

と、声をかけた。市之介の屋敷は、ここから遠くなかったので、家に帰ることもできたが、下谷の広小路に出れば、飲み食いできる店がいくらでもある。

「そうしやしょう」

茂吉の足が急に速くなった。

市之介たちは下谷広小路に出ると、手頃なそば屋をみつけて入った。小座敷に腰を落ち着け、酒を酔わない程度に飲んだ後、そばで腹拵えをして店を出た。

市村の屋敷近くにもどると、旗本屋敷の築地塀の陰から彦次郎が走り寄った。

「青井さま、市村が帰ってきました」

彦次郎の声はうわずっていた。

「来たか」

「それが、ふたりです」

「ふたりだと」

「ともかく、塀の陰へ」

彦次郎が口早に言った。

市之介たちは、すぐに築地塀の陰にまわった。陰といっても、旗本屋敷をかこっている築地塀の角で、そこは隣家との間の路地になっていた。その角に、糸川は身を寄せて市村の屋敷に目をやっていた。

「市村が、だれか連れてきたそうだな」

市之介は、あらためて糸川に訊いた。

「山輪らしい」

糸川によると、市村といっしょに来た武士は、網代笠をかぶっていたので顔は見えなかったという。ただ、その体軀《たいく》から、山輪とみたそうだ。

「山輪は、まだ市村の屋敷にいるのだな」

「いるはずだ。入ったまま、出て来ないからな」

市村と山輪が、屋敷に入ったのは、小半刻（三十分）ほど前だという。

「後は、おれと茂吉で見張る」

市之介が言った。

「いや、おれたちもいる。……市村と山輪に、何か動きがあるはずだ」

糸川が言うと、彦次郎もうなずいた。

市之介たち四人は、あらためて築地塀の陰に身を隠した。

市之介と茂吉がその場に来て間もなくだった。

「門から出てきた！」

茂吉が声をひそめて言った。

門扉がひらき、武士がひとり姿を見せた。山輪である。網代笠を手にしていた。

「ひとりだな」

姿を見せたのは、山輪ひとりだった。市村は、自邸にとどまったらしい。

山輪は門を出ると、網代笠をかぶり、三枚橋の方へ歩きだした。

「おれと佐々野で、跡を尾ける」

糸川が言った。

「おれたちも行こう。……今夜、市村が屋敷から出ることはあるまい」

すでに、陽は西の家並のむこうに沈んでいた。市之介は、市村がいまからひとりで屋敷を出るとは思えなかった。

糸川が黙ってうなずき、網代笠をかぶると、彦次郎とともに塀の陰から通りに出た。市之介と茂吉は、糸川たちが半町ほど先に行ってから塀から離れた。四人そろって尾行したのでは、山輪に気付かれる恐れがあったのだ。

先を行く山輪は、御徒町通りを南にむかっていく。

通りの人影は、日中より多かった。任務を終えた御家人や小身の旗本などが、供を連れて行き交っている。

尾行は楽だった。通りを歩いているだけで行き交う武士にまぎれ、山輪が振り返って見ても尾行者とは思わないはずだ。

「やつは、どこへ行く気ですかね」

歩きながら、茂吉が言った。

「己の家だと思うが、奉公先ということもあるな」

市之介は、いずれにしろ山輪の行き先が分かれば、吉住の住家をつきとめる手掛かりが得られるとみていた。

「旦那、やつがまがった」

茂吉が言った。

そこは、四辻になっていた。山輪は右手の通りに入ったのだ。前を行く糸川と彦次郎が、小走りになった。山輪の姿が見えなくなったからであろう。

「走るぞ！」

市之介たちも走った。

四辻の角まで来て、右手の通りに目をやると、糸川と彦次郎の後ろ姿が見えた。その先に、山輪の姿もある。

その通りも、御家人や小身の旗本屋敷がつづいていた。通りかかるのは、武士や中間が多く、あまり町人の姿はなかった。

山輪は、武家屋敷のつづく通りを抜け、町人地に突き当たったところで、左手におれた。その辺りは、下谷長者町《ちょうじゃまち》である。

山輪が入ったのは、武家屋敷ではなかった。町人地の一角にあった借家ふうの仕舞屋である。

市之介と茂吉は、糸川たちのそばに小走りに近付いた。ふたりは、路傍の樹陰に身を隠して、仕舞屋の戸口に目をむけている。

「やはり、山輪は、幕臣ではないな」

糸川が小声で言った。

「泉次郎が口にしたとおり、武家に仕える家士とみていい。……吉住に仕えているのではないかな」

市村は八十石の御家人だった。しかも、屋敷は荒れ、屋敷内で博奕をした節もある。潰れ御家人とみていいのではあるまいか。その市村が、用人や若党などの家士を雇っているはずはない。考えられるのは、旗本の吉住だけである。

「どうする」

糸川が訊いた。

「明日、出直そう」

すでに、辺りは夕闇に染まっていた。通り沿いの店も、表戸をしめている。

「よし、明日だ」

糸川が彦次郎に目をやって言った。

6

翌日、市之介たち四人は、下谷長者町にむかった。

四人は山輪が入った借家ふうの仕舞屋近くに行くと、まず近所の下駄屋に立ち寄って、山輪が仕舞屋に住んでいるかどうか訊いてみた。

「はい、山輪さまがお住いです」

すぐに、初老のあるじが答えた。

あるじによると、仕舞屋は借家で、山輪は五年ほど前から借家に住むようになったそうだ。山輪に子供はなく、おせんという妻女とふたり暮らしだという。

「ところで、山輪どのは、どなたにお仕えしているのだ」

市之介が訊いた。

「どなたか、存じませんが、山輪さまは、下谷の車坂町《くるまざか》近くにあるお旗本にご奉公されていると聞きました」

車坂町は、寛永寺《かんえいじ》の東に位置し、浅草につづく通り沿いにひろがっている。

……車坂町を探せば、つかめるかもしれない。

と、市之介は思った。旗本の名は、吉住と分かっているのだ。

市之介たちは下駄屋を出ると、通りかかった中間にも山輪のことを訊いてみた。

「山輪さまは、お旗本にお仕えですよ」

年配の中間が、すぐに答えた。どうやら、山輪のことを知っているようだ。

「旗本の名は分かるか」

念のために、市之介が訊いた。

「吉住藤之助《とうのすけ》さまでさァ」

中間によると、吉住は二百五十石の旗本で非役だという。

……おれに、似ているな。

と、市之介は思った。吉住の家禄の方が五十石多いが、同じように非役である。暇を持て余しているにちがいない。

「山輪どのだが、吉住家で用人をしているのか」

「そうでさァ」

「用人か……」

市之介が口をつぐんでいると、

「あっしは、これで」

中間は、急ぎ足でその場を離れた。市之介が、吉住のことまで訊いたので不審に思ったのだろう。

「糸川、どうする。これ以上、山輪のことを探るより、吉住の屋敷をつきとめたいが」

「これから、車坂町に行くか」

糸川が言った。

「行こう」

まだ、昼前だった。それに、長者町から車坂町までそう遠くない。吉住の住家を探す時間は十分ある。

市之介たちは賑やかな下谷広小路に出ると、団子屋で腹拵えをした。その後、山下《やました》と呼ばれる繁華街を経て、寛永寺の支院のつづく通りに入った。

大勢のひとの行き交う通りをいっとき歩くと、

「この道ですぜ」

茂吉が、右手に入る道を指差した。その道は、東本願寺《ひがしほんがんじ》の門前を経て浅草に通じている。

市之介たちは右手におれた。道の左手が町人地で、右手が武家地だった。町人地が車坂町である。

「吉住の屋敷は、この辺りのはずだな」

糸川が、右手につづく武家屋敷に目をやりながら言った。御家人や小身の旗本の屋敷の甍《いらか》が、折り重なるように見えた。

「手分けして探すか」

市之介は、二手に分かれた方が埒が明くと思った。

「そうしよう」

四人は、本所元町で聞き込みをしたときと同じように、一刻（二時間）ほどしたら、通りの先にある広徳寺《こうとくじ》の門前で顔を合わせることにして、ふたりずつ二手に分かれた。

市之介と茂吉は、武家屋敷のつづく右手の通りに入った。

通りかかった御家人ふうの武士や中間などに、吉住の名を出して訊いてみたが、吉住の屋敷を知る者はいなかった。

「もうすこし、先に行ってみるか」

市之介たちがいっとき歩くと、通り沿いに、二百石から三百石ほどの旗本屋敷が目につくようになった。

「ここらで、訊いてみよう」

市之介と茂吉は、路傍に足をとめた。

供連れの武士や騎馬の武士などが通りかかったが、いずれも身分のありそうな武士なので、呼びとめて話を聞くには気が引けた。

「旦那、あのふたり連れはどうです」

茂吉が通りの先を指差した。

御家人か旗本の子弟といった感じの若侍がふたり、何やら話しながらこちらに歩いてくる。供の者はいなかった。

「あのふたりに、訊いてみよう」

市之介たちは、ふたりの若侍が近付くのを待った。

「しばし、しばし」

市之介が通りのなかほどに出て、ふたりの若侍に声をかけた。

「それがしで、ござるか」

年嵩《としかさ》と思われる長身の武士が、市之介に訊いた。

「いかにも、ちと、お尋ねしたいことがござる」

市之介が言った。茂吉は、下男のような顔をして脇に控えている。

「吉住藤之助さまのお屋敷をご存じか」

市之介は吉住の名を出して訊いた。

「吉住さま……。聞いたようなお名前だが」

長身の武士は、首をひねった。

すると、脇に立っていた中背の武士が、

「吉住さまのお屋敷なら、この先ですよ」

と、口をはさんだ。

中背の武士によると、吉住の屋敷は一町ほど先にあり、片番所付の長屋門を構えているという。その門の脇から松が枝を伸ばしているので、松を目印にすればいいと話した。

市之介たちは、ふたりの武士に礼を言い、すぐに通りの先にむかった。

「あの屋敷だ」

茂吉が、前方を指差して言った。

片番所付きの長屋門を構えた武家屋敷があった。長屋門の脇から、松の枝が張り出している。

「ここが、吉住の屋敷だ」

市之介は路傍に足をとめ、やっと、つかんだ！　と胸の内で声を上げた。

市之介と茂吉は、屋敷の近くまで行ってみた。門扉はしまり、屋敷はひっそりと静まっていた。番所に、門番はいないようである。もっとも、二百石や三百石の旗本は内証が苦しいので、門番を置かない屋敷が普通なので驚くことはない。市之介の家では、門番どころか若党すら雇っていないのだ。

「荒れた屋敷のようだ」

市村の屋敷と同じように荒れた感じがした。

長屋門の脇から枝を伸ばしている松もそうだが、屋敷の脇に見える紅葉《もみじ》、梅、高野槙《こうやまき》などの庭木も、長く植木の手が入らずに、枝葉が伸び放題だった。

屋敷のなかから、人声や物音は聞こえてこなかった。ただ、これだけの屋敷なので、家の住人や奉公人は何人もいるはずである。

市之介と茂吉は、通行人を装って屋敷の門前に近寄ってみた。かすかに人声と物音がした。声は男の声と分かるだけで、何を言っているか聞き取れなかった。

市之介は門前から離れたところで、

「そろそろ一刻になる。広徳寺へ行こう」

と、茂吉に声をかけた。

市之介と茂吉は、足早に来た道を引き返した。

7

「吉住の屋敷が、知れたか」

糸川が声を上げた。

「近所で聞き込んでみるか」

市之介が、頭上に目をやって言った。まだ、陽は南の空にあった。暖かい春の陽射しが町筋を照らしている。

「四人でやろう」

市之介たちは、吉住の屋敷近くに引き返した。

屋敷の門前近くまで行くと、また市之介たちは二手に分かれ、吉住家の者に気付かれないように屋敷から離れた場所で聞き込むことにした。

市之介と茂吉は、通りを南にむかって歩き、三町ほど離れてから話の聞けそうな者を探した。

通りかかった中間や御家人などに、それとなく訊いてみたが、吉住の名を知っている者がいただけである。

市之介が通りを歩きながら、何気なく御家人の屋敷の庭を生垣越しに覗くと、縁先近くで、老齢の武士が鉢植えの松の盆栽を眺めている姿が目にとまった。隠居であろうか。老人は、小袖に軽衫《かるさん》姿だった。

市之介は生垣越しに、

「ご無礼でござるが、お伺いしたいことがござる」

と、老人に声をかけた。

「わしかな」

老人は盆栽を置いて近付いてきた。すでに、還暦を過ぎていようか。鬢《びん》や髷《まげ》は白髪で、顔の皺《しわ》も多かった。

「この先にお住いの、吉住どのをご存じであろうか」

市之介が吉住の名を出して訊いた。

「知っておるが……」

老人が、不快そうに顔をしかめた。その顔を見ただけで、老人が吉住を嫌っていることが知れた。

「この話は、内密にしていただきたいのだが……」

市之介が生垣に身を寄せ、声をひそめて言った。

「うむ……」

老人も、つられたように市之介に近付いた。

「実は、それがしの知人の娘が、吉住どののお屋敷に奉公している者に嫁ぐ話がござってな。念のために、吉住家の噂を訊いてみると、あまりよくない」

市之介が顔をしかめ、もっともらしい話をした。

「吉住どのの噂は、聞いておる」

老人が、同調するように言った。

「屋敷には、うろんな者たちが出入りしているとか……」

市之介は、曽山や政造も吉住の屋敷に出入りしていたとみていた。

「わしも、目にしたことがあるぞ。ごろつきや徒牢人《いたずらろうにん》などが、屋敷に入るのをな。……屋敷内で、賭場がひらかれるという噂まであるのじゃ」

老人が、目をつり上げて言った。

「屋敷内で、博奕を」

市之介は驚いたように言ったが、内心、やはりそうか、と思った。市村の屋敷だけでなく、吉住の屋敷も賭場になったことがあるようだ。

「それにな、吉住どのは放蕩者《ほうとうもの》じゃ。山下や吉原《よしわら》などに、頻繁に行っているらしいぞ。……非役で、暇を持て余しているのじゃろう。まったく、お上から、二百五十石もの扶持をもらっていながら、なんたる体たらくじゃ」

老人が口元に泡を浮かべて罵った。言い出したら、とまらなくなったようだ。

山下は寛永寺の東方、岡場所があることでも知られた繁華街である。吉住の屋敷から近いので、頻繁に出かけているのかもしれない。

「うむ……」

市之介は渋い顔をした。自分のことを言われているような気がしたのだ。市之介も暇を持て余し、無聊《ぶりょう》を慰めるために、贔屓《ひいき》にしている柳橋《やなぎばし》の料理屋に出かけることがあったのだ。

「それで、吉住どののご家族は？」

市之介が、声をあらためて訊いた。

「病気がちの妻女だけじゃ」

老人によると、十五になる嫡男がいたが、五年ほど前に病で亡くなったという。その後、吉住の遊びがひどくなったそうだ。

「跡継ぎが、いないのか」

「やはり、子がいないとな。……じゃが、吉住どのは、まだ子をつくれる歳じゃ。いまからでも遅くないのに」

老人が市之介に目をむけて言った。

……おれも、早く嫁をもらわんとな。

市之介が、胸の内でつぶやいた。

それから、市之介は吉住の屋敷に出入りする者の名も訊いてみたが、老人もそこまでは知らなかった。

市之介と茂吉が、吉住の屋敷の近くまでもどると、糸川と彦次郎が待っていた。

四人は、御徒町の方へむかいながら、聞き込んだことを話した。

「吉住は放蕩者でな、吉原や岡場所などに頻繁に出かけていたようだ」

市之介がそう前置きし、老人から聞いたことを一通り話した。

「吉住は白狐党の頭目として、奪った金を遊蕩のために使っていたのかもしれませんね」

彦次郎が言った。

「それもあるが、遊ぶ金だけではないような気がする」

市之介は、旗本が遊ぶためだけに押し込みまで働くとは思えなかった。

すると、糸川が脇から、

「役職に就くためかもしれんぞ」

と、口を挟んだ。

「どういうことだ」

「おれは、近所の屋敷に奉公している中間から聞いたのだがな。吉住の父親は、御納戸頭《おなんどがしら》だったそうだ。ところが、吉住は非役のままでな、何年も前から、出仕できるよう、父親と親交のあった御納戸頭や御小納戸頭取《おこなんどとうどり》などに、しきりに働きかけていたらしい。そのために、金がいるのではないかな」

御納戸頭は、役高七百石である。家禄二百五十石の旗本としては、申し分ない役柄であろう。

「そうか……」

市之介は、吉住が二百五十石に相応《ふさわ》しい役柄に就きたかった気持ちは理解できた。市之介にも同じような思いがある。だが、盗賊にまで身を落したのは、長年の放蕩で心が荒廃したせいもあるのだろう。吉住は、奪った金を己の猟官《りょうかん》運動と放蕩のために使ったにちがいない。

「吉住と市村をどうするか、御目付の指示を仰がねばならんな」

糸川が顔をひきしめて言った。

第五章　切　腹

1

市之介と糸川は、大草家の庭に面した座敷に端座《たんざ》していた。ふたりは、吉住や市村をどうするか、大草の指図を仰ぐために来ていたのである。

「御目付は、下城されたはずだが……」

糸川が小声で言った。

市之介たちが、この座敷に腰を落ち着けて小半刻（三十分）ほど経つが、大草はまだ姿を見せなかった。

市之介たちを屋敷内に招じ入れた用人の小出は、

「殿は、じき下城されます。しばし、お待ちくだされ」

と言い残して、座敷を去ったのだ。

「着替えているのではないかな」

市之介が、そう言ったときだった。廊下をせわしそうに歩く足音がし、障子があいた。姿を見せたのは、大草だった。小袖に角帯という、くつろいだ恰好である。下城後、着替えてきたようだ。

「待たせたようだな」

大草は、すぐに市之介たちの前に腰を下ろした。

糸川が畏《かしこ》まって時宜《じぎ》を述べようとすると、

「挨拶はよい。……白狐党のことだな」

大草が市之介と糸川に目をむけて訊《き》いた。

「はい、白狐党一味のことは、あらかた知れました」

糸川が言った。

「話してみろ」

「一味は六人――」

糸川が、六人の名と身分をひとりひとり話した。

「吉住藤之助が二百五十石の旗本で、市村捨蔵が八十石の御家人か」

大草の顔が、けわしくなった。世間を騒がせる盗賊のなかに、旗本と御家人がいたことがはっきりしたからであろう。しかも、旗本が頭目なのである。

「いかさま」

「二百五十石も食《は》んでいながら、盗賊の頭とはな。断じて許せぬ！」

大草の顔が、怒りに染まった。大草が、これほど怒りをあらわにするのは珍しいことだった。

座敷はいっとき重苦しい沈黙につつまれていたが、

「何とか、お上の御威光に疵《きず》がつかぬように始末せねばならんな」

大草が重いひびきのある声で言った。

「いかようにいたせば……」

糸川が訊いた。

「町方が、吉住と市村を捕縛する前に、ふたりを始末することだ」

「ふたりは、旗本と御家人です。町方も、手は出さないはずですが」

「いや、白狐党は盗賊だ。商家に押し入り、奉公人を殺した上に大金を奪っている。……町奉行に、盗賊を捕らえたら御家人と旗本だった、と言われれば、公儀としては何も言えぬ。……そうなれば、お上が面目を失うだけではない。目付たちは、何をしていたのだ、と矛先はわれらに向けられるぞ」

大草の顔に、苦悶の色が浮いた。

話を聞いていた市之介は、

……泉次郎を野宮に引き渡したのは、まずかったかな。

と思い、後悔の念が湧いた。大草の言うとおり、町方が先に吉住と市村を捕らえたら、目付の立場がないだろう。

「いかようにいたせば……」

糸川が、困惑したように小声で訊いた。

「町方は、吉住と市村のことをつかんでいるのか」

大草が訊いた。

「ふたりの名をつかんだかどうか分かりませんが、屋敷はまだのはずです」

糸川はそう言ったが、

……だが、名が分かれば、屋敷をつかむのはたやすい。

と、市之介は思った。

「ともかく、すぐに動け。……それに、町方がふたりの屋敷をつかんでも、旗本や御家人の屋敷に踏み込むことはできまい。屋敷から出るのを待つはずだ。その間に、われらが、始末するのだ」

　大草が語気を強くして言った。

「ふたりを捕らえますか」

　糸川が訊いた。

「いや、屋敷内で腹を切らせろ。己の罪を恥じて、自ら腹を切ったことにするのだ」

「腹を切らぬときは……」

　糸川の顔がこわばっていた。

「何としても切らせろ！」

「……心得ました」

　糸川が小声で言い、大草に頭を下げた。

　大草と糸川が口をつぐんだとき、

「伯父上、市村は剣の遣い手のようです。……切腹を拒んだときは、剣の立ち合いとして、斬ってもよろしいでしょうか」

　市之介は、市村が糸川と切っ先をむけ合ったときの構えを目にしていた。市村の構えを見ただけで、遣い手であることが知れたのだ。

「市村は八十石の御家人で、非役だったな」

大草が訊いた。

「いかさま」

「剣の立ち合いとして、斬ってもいいが、市之介、勝てるのか」

「やってみなければ、分かりませんが……」

剣の勝負は、やってみないと分からないところがある。

「市之介にまかせよう」

大草は、市之介が心形刀流《しんぎょうとうりゅう》の遣い手であることを知っていた。

「山輪達之助は、どういたしましょう」

糸川が訊いた。

「山輪は吉住に仕える家士だな」

「はい、用人と聞いております」

「ならば、牢人として始末すればいい」

大草が、山輪は斬ってもかまわんし、町方にまかせてもいい、と言い添えた。

「承知しました」

糸川が答えた。

そのとき、市之介の脳裏に、曽山のことがよぎった。曽山も牢人なので町方にまかせてもいいのだが、市之介にはひとりの剣客として、曽山の遣う下段崩《げだんくず》しと勝負したい気持ちがあった。

だが、糸川は曽山のことは口にしなかった。大草は、牢人なら町方にまかせておくよう、指示すると分かっていたからである。

「糸川、配下の者を動員して、ことにあたれ。……何としても、町方に先を越されるなよ」

大草が低い声で言った。

「ハッ」

糸川は畳に両手をついて低頭した。

市之介も、糸川にならって頭を下げた。

「これより、ただちに、吉住と市村の始末にむかいます」

糸川が言い、市之介とともに腰を上げようとすると、

「市之介、頼むぞ」

大草が市之介に目をむけて言った。

その目と声のひびきに、市之介は大草が市之介を信頼し、頼りにしていること

を感じとった。

「伯父上、糸川どのとともに、吉住と市村はかならず、われらの手で始末します」

そう言って、市之介は立ち上がった。

2

市之介と糸川が、大草家に出向いた翌日の七ツ（午後四時）過ぎ——。

忍川にかかる三枚橋のたもとに、四人の武士が集まっていた。市之介、御徒目付《おかちめつけ》の糸川と小暮重太郎《こぐれじゅうたろう》、それに御小人目付《おこびとめつけ》の山川寅之助《やまかわとらのすけ》だった。山川は小暮の配下である。市之介たち四人は、市村を始末するために来ていたのだ。

この場に、彦次郎と茂吉の姿がなかった。茂吉は松沢俊助《まつざわしゅんすけ》という糸川の配下の御小人目付とふたりで、午後から、市村の屋敷を見張っていた。

一方、彦次郎は、御徒目付の利根松之丞《とねまつのじょう》と、山輪の屋敷を見張っていた。山輪が逃走するようだったら、捕らえるためである。

糸川と彦次郎の他に何人もの目付筋の者がくわわったのは、大草の指示だった。

大草は目付筋の手で市村と吉住を始末するために、配下の者たちを動員したのである。

「市村は屋敷にいるかな」

小暮が訊いた。

小暮は三十代半ば、眉が濃く、眼光が鋭かった。剽悍《ひょうかん》そうな面構えである。糸川によると、徒目付のなかでも、剣の達者として知られた男だという。

「いるはずだ」

市之介が言った。

市村が屋敷にいなければ、茂吉が市之介の許に知らせに来ることになっていたので、市村は屋敷にいるとみていい。

「まだ、早いな」

市之介が西の空に目をやって言った。

空は、薄雲におおわれていた。雨は降りそうもなかったが、湿気をふくんだ生暖かい風が吹いている。

薄雲の間から、陽の色が見えた。まだ、陽は沈んでいない。市之介たちは、人通りのなくなった暮れ六ツ（午後六時）過ぎに屋敷内に踏み込むつもりだった。

「おれが、様子を見てこよう」

市之介が言うと、

「おれも行く」

と言って、糸川がついてきた。

小暮と山川は、その場に待つことになった。待つといっても、市村の屋敷は近かったので、市之介たちはすぐにもどってくるはずだ。

市之介と糸川が市村の屋敷に近付くと、旗本屋敷の築地塀《ついじべい》の陰から茂吉が姿をあらわした。茂吉が身を隠していたのは、以前市之介たちが市村の屋敷を見張った築地塀の陰である。松沢もそこにいるにちがいない。

「茂吉、どうだ」

すぐに、市之介が訊いた。

「市村は屋敷にいやす」

茂吉によると、市村はどこかに出かけていたらしく、八ツ半（午後三時）ごろ屋敷にもどり、そのまま屋敷を出ないという。

「何か変わったことは？」

「それが、旦那、いっとき前《めえ》に、中間《ちゅうげん》がふたり、遊び人のような男がふたり、屋敷に入《へえ》ったんでさァ」

「屋敷の奉公人ではないのだな」

「中間は分からねえが、遊び人は奉公人じゃァねえ」

茂吉が、はっきり言った。

「博奕《ばくち》でも、やる気かな」

糸川がそう言うと、

「そうかもしれん」

市之介が、ちいさくうなずいた。

ただ、市之介の胸には、博奕ではない、という思いもあった。泉次郎が捕らえられ、口封じのために自分たちの手で政造を斬ったのだ。市村は、自分たちの身辺に目付筋や町方の手が伸びていることを察知しているだろう。いまは、屋敷内で博奕をやる気にはならないのではあるまいか。

「どうする？」

市之介が訊いた。

「やるしかないな。……市村さえ仕留めれば、他の者は逃がしてもいい」

糸川が顔をけわしくして言った。

「すぐに、踏み込んだ方がいいぞ。時が経てば、うろんな男が、さらに集まるかもしれないからな」

市村は、何か手を打つために、博奕で知り合った者たちを屋敷に集めているのではあるまいか。

「そうしよう。おれが、小暮どのたちを呼んでくる」

糸川が、小走りにその場を離れた。

すぐに、糸川が小暮と山川を連れてもどってきた。

市之介がふたりに事情を話すと、

「承知した。屋敷に踏み込もう」

小暮が言った。

市之介たちは、いったん松沢が身をひそめている場所に集まり、屋敷内に踏み込む手筈を相談した。

集まったのは、市之介、糸川、小暮、松沢、山川、それに茂吉の六人だった。

「門扉は、あくな」

市之介が茂吉に訊いた。

「あきやす。……扉をあけて、遊び人たちが入《へえ》っていきやしたから」

「そうか」

市之介は地面に屈《かが》み、小石を手にすると、

「これが、門と塀、それに母屋だ」

と言って、簡単に見取り図を書いた。母屋は四角に線を引いただけである。塀や母屋の様子は、以前市村の屋敷を板塀の隙間から覗いたとき、頭に入れておいたのだ。

「一気に表門から入り、二手に分かれて屋敷に踏み込む。……踏み込む場所は、戸口と庭に面した縁側だな」

ここと、ここだ、と言って、市之介が四角に書いた母屋の二か所を指で示した。

「裏手は」

糸川が訊いた。

「裏手は、どうなっているか分からんが、背戸があるかもしれん。念のために、だれか回ってくれ」

市之介が言うと、

「松沢と山川に頼むか」

小暮が言った。

「おれたちの狙いは、市村だけだ。女や奉公人は、放っておいていい。だが、油断するな。刃物を手にして向かってくる者がいるかもしれんぞ」

糸川が、屋敷に入った遊び人や中間は、何をするか分からない、と言い添えた。

「心得ました」

松沢と山川が、うなずいた。

その場で、市之介と茂吉が庭にまわり、糸川と小暮が戸口から押し入ることが決まった。

「よし、行くぞ」

市之介と糸川が、先に立った。

六人は小走りに通りを横切り、市村家の木戸門の前に集まった。母屋の方から、何人もの男たちの声が聞こえたが、博奕をやっている様子はなかった。

3

木戸門は、すぐにあいた。

市之介たちは、次々に門をくぐった。門のすぐ前に、母屋の戸口があった。板戸が、一枚だけあいている。

「おれと、小暮は、ここから踏み込む」

糸川が言った。

「われらは、裏手へ」

松沢がそう言い、山川とともに母屋の脇へまわった。

「茂吉、ついてこい」

市之介は庭へむかった。茂吉が慌てた様子でついてきた。

狭い庭だった。塀際に松と椿《つばき》が植えてあるだけである。長く手入れされていないとみえ、庭木はぼさぼさだった。庭は雑草におおわれている。

その庭に面して、縁側があった。縁側の奥に障子がたててある。座敷になっているようだ。

障子の向こうから、男たちの声が聞こえた。何人もいるらしい。町人の声が多かったが、武士の声も聞こえた。

市之介は庭に入ると、

「茂吉、木の陰にいろ」

と、小声で言った。

「旦那、あっしも、やりやすぜ」

茂吉が目をつり上げ、懐に右手をつっ込んで十手《じって》を取り出した。屋敷内にいる者たちと闘う気になっている。

市之介は茂吉が屋敷内に踏み込むと、足手纏《まと》いになるとみて、

「茂吉には、頼みたいことがある」

と、茂吉に身を寄せて言った。

「なんです？」

「市村が、ここから逃げ出したら、跡を尾《つ》けて行き先をつきとめてくれ。中間や遊び人は逃がしてもいい。市村を取り押さえることが、なにより大事だからな。市村を尾けられるのは、おまえしかいない。……頼むぞ」

「承知しやした」

茂吉は、顔をけわしくして松の木の陰にまわった。

市之介は、音のしないように庭の雑草を踏み分けて縁側に近付いた。刀の鯉口を切り、柄に右手を添えている。

そのとき、戸口の方で、「踏み込んできやがった！」と男の叫び声が聞こえ、床を踏む荒々しい足音がひびいた。糸川と小暮が屋敷内に踏み込んだらしい。

「こっちに来る！」

「町方か」

ふたりの声が、障子の向こうで聞こえた。ひとりは、武士らしい言葉だった。市村であろう。つづいて、何人かの立ち上がる気配がした。

「二本差しが、ふたりだ！」

障子の向こうで、男が叫んだ。

床を踏む足音が、縁側の先の座敷に迫ってきた。糸川と小暮が、座敷に踏み込んでくるようだ。

障子をあけ放つ音がし、
と、糸川が声を上げた。糸川と小暮が、座敷に踏み込んできたのだ。

「市村、観念しろ！」

「殺れ！　ふたりだけだ」

市村が、叫んだ。

つづいて、縁側に面した障子があいた。姿を見せたのは、市村と中間ふうの男だった。市村は大刀を引っ提げている。

座敷では、糸川と小暮が数人の男たちに切っ先をむけていた。歯向かう者がいるらしい。

「庭にもいやす！」

中間ふうの男が、甲走《かんばし》った声を上げた。

市村が縁側にあらわれ、

「青井か！」

と、市之介を見すえて叫んだ。

「市村、逃れられんぞ！　……武士らしく、腹を切れ」

市之介は抜刀した。

「庭にいるのは、ひとりか」

市村は手にした刀を抜くと、鞘を足元に落した。市之介ひとりとみて、闘う気になったらしい。

「いかにも」

「返り討ちにしてくれるわ！」

市村は縁先から庭に飛び下りた。

「やるしかないようだな」

市之介は青眼に構えると、切っ先を市村にむけた。

対する市村も、相青眼《あいせいがん》に構えた。

ふたりの間合は、およそ三間半――。庭は雑草に覆われていたが、丈の高い草や蔓草《つるくさ》はなかった。無理な動きをしなければ、足を取られるようなことはないだろう。

市村の構えには隙がなく、腰が据わっていた。市之介がみていたとおり、なかなかの遣い手である。

「おぬし、何流を遣う」

市之介が訊いた。

「一刀流だ。若いころ、修行したのだがな。貧乏御家人には、剣など何の役にもたたなかったよ」

市村が口許に薄笑いを浮かべたが、すぐに消えた。

「おれは、心形刀流を遣う」

市之介は、市村の目につけた剣尖《けんせん》に気魄《きはく》を込めた。

市村の顔が、かすかにゆがんだ。目に驚きの色がある。市之介の剣尖に、眼前に迫ってくるような威圧を感じたのであろう。

イヤアッ!

突如、市村が裂帛《れっぱく》の気合を発した。

気合で、己の心に生じた驚愕や恐れを払拭し、闘気を鼓舞しようとしたのである。

だが、この気合を発したことで、市村の気が乱れ、わずかに剣尖が揺れた。この隙を、市之介は見逃さなかった。

スッ、と市之介は間を寄せ、全身に斬撃の気配を見せた。

市村の目に、市之介の剣尖が真っ直ぐ迫ってくるように見え、腰が浮いた。

タアッ！

鋭い気合を発し、市之介が先に斬り込んだ。

青眼から真っ向へ——。

咄嗟に、市村は腰を引きざま、刀を振り上げて市之介の斬撃を受けた。

刀身の嚙み合う音が鳴り、ふたりの刀身が十文字に合致した、瞬間、ぐらっと市村の体が揺れた。市之介の強い斬撃に押されて、腰がくずれたのである。

ヤアアッ！

すかさず、市之介が斬り込んだ。

袈裟へ——。神速の太刀捌《さば》きである。

ザクッ、と市村の着物が肩から胸にかけて裂けた。次の瞬間、血が迸《ほとばし》り出た。

市村は呻《うめ》き声を上げ、血を撒きながらよろめいた。

市村は足をとめ、切っ先を市之介にむけようとしたが、体が大きく揺れ、腰からくずれるように転倒した。

地面に伏臥《ふくが》した市村は苦しげな呻き声を上げ、身を起こそうとした。だが、頭を擡《もた》げることもできなかった。

市之介は、血刀を引っ提げたまま市村に歩を寄せた。顔が紅潮し、双眸《そうぼう》が底びかりしていた。返り血を浴びた小袖が、斑々《はんぱん》と朱に染まっている。

そのとき、母屋で、男の叫び声と刃物の弾き合う音がひびいた。糸川と小暮が座敷にいる男たちと闘っている。

4

市之介は、刀を手にしたまま縁側に歩み寄った。

そのとき、男がふたり、縁側に飛び出してきた。ふたりとも、中間ふうの男である。ふたりの顔が、興奮と恐怖でひき攣《つ》っていた。匕首《あいくち》を手にしていた男の袖が裂け、あらわになった二の腕が血に染まっている。

ふたりの男は、縁先に立っている市之介を目にすると、

「助けてくれ！」

と、ひとりが叫び、廊下の隅へまわり込んだ。もうひとりも、震えながら市之介の前から逃げた。

ふたりは縁側から庭に飛び下りると、喚《わめ》き声を上げながら門の方へ駆けだした。

市之介は、ふたりを追わなかった。初めから捕らえる気はなかったのである。

座敷から喘《あえ》ぎ声と苦しげな呻き声が聞こえたが、刃物の触れ合うような音はしなかった。闘いは終わったらしい。

市之介は縁側に上がり、座敷に踏み込んだ。

糸川と小暮が、刀を引っ提げたまま座敷のなかほどに立っていた。ふたりも返り血を浴びたらしく、頬や着物に血の色があった。

座敷の隅に、ふたりの男がいた。町人らしい。ひとりは、襖を背にしてへたり込み、もうひとりは肩口を手で押さえて、うずくまっていた。ふたりとも、血の色があったが、命にかかわるような傷ではないようだ。

「青井、市村はどうした」

すぐに、糸川が訊いた。座敷から逃げた市村のことが気になっていたらしい。

「立ち合いを挑まれてな、おれが斬った」

市之介は、立ち合いという言葉を強調した。市村は、武士らしく剣の立ち合いで死んだことにしてやるためである。

「うまく、始末がついたようだな」

糸川の顔にほっとした表情が浮いた。

「そこにいるふたりは」

市之介が、座敷の隅にいるふたりの男に目をやって訊いた。

「ふたりが、歯向かってきたのでな。……なに、死ぬようなことはない」

小暮が言った。

市之介は、ふたりの男に近付いて名を訊いたが、ふたりは身を顫《ふる》わせているだけで、口をひらかなかった。

「おれたちは、町方ではない。おまえたちを捕らえるつもりはないが、訊いたことに答えなければ、この場で斬る」

市之介が、ふたりの男を見すえて言った。

ふたりの男は顔を上げ、縋《すが》るような目を市之介にむけた。

「名は？」

あらためて、市之介が訊いた。

「ご、五助《ごすけ》で……」

襖を背にしていた男が、声を震わせて名乗った。

すると、もうひとりの肩口を斬られた男が、

「あっしは、孫七《まごしち》でさァ」

と、首をすくめながら言った。

「ふたりは、この屋敷の奉公人ではないな」

「へい」

五助が答えた。

「逃げたふたりも、そうらしい。……おまえたちは、この屋敷に何しに来たのだ。

市村と座敷で話していたところをみると、奉公の話ではないな」

「市村の旦那に、頼まれやして」

五助が小声で言った。隠す気はないようである。

「何を頼まれた」

市之介が畳み込むように訊いた。

「てえしたことじゃァねえんで……」

五助が、語尾を濁した。

「博奕の話か」

「そうじゃァねえ」

すぐに、孫七が言った。

「では、なんだ」

「市村の旦那に、岡っ引きや八丁堀の旦那のことを探ってくれと頼まれやした」

五助が答えた。

「町方だけでなく、おれたちのことも探れと言ったのではないか」

「そうでさァ」

五助が首をすくめた。

どうやら、市村は町方や目付筋の動きを探るために、五助たちを集めたようだ。身辺に探索の手が迫っているようなら、屋敷を捨てて姿を消すつもりだったのかもしれない。

そのとき、茂吉が座敷に入ってきて、「ふたり、屋敷から逃げやしたぜ」と、市之介に知らせた。

「逃げてもいい」

市之介が、茂吉に目をむけて言葉を交わすと、

「ところで、おまえたちは、市村の手先ではないようだが、どういうかかわりなのだ」

糸川が、市之介に代わって訊いた。

「市村の旦那に、世話になったことがあるんでさァ」

「どんな世話だ」

「てえしたことじゃァねえんで……」

五助が、薄笑いを浮かべた。

「博奕だな。おまえたちは、ここが賭場になったとき、遊びに来ていて市村と知り合ったのであろう」

「へえ……」

五助が首をすくめた。孫七も肩をすぼめ、視線を膝先に落とした。ふたりは、博奕を打つために、屋敷に出入りしていたようだ。

するど、市之介が、

「おれたちは、町方ではないのでな。博奕のことは、とやかく言わぬ。……とこ

ろで、曽山という牢人を知っているな」

と、声をやわらげて訊いた。

「へい、この屋敷で、顔を合わせたことがありやす」

五助が、市之介に顔をむけて言った。

「市村と曽山は、どこで知り合ったのだ」

「賭場でさァ」

「権蔵の賭場か」

市之介の声が大きくなった。

「そうで……。曽山の旦那は、権蔵の賭場で用心棒をしてたことがあるんでさァ」

「そういうことか」

市村も、権蔵の賭場に出入りしていた。そこで、市村と曽山はつながったらしい。

「旗本の吉住藤之助を知っているか」

糸川が訊いた。

「名は聞いたことがありやす」

「この屋敷で、顔を合わせたことはないのか」

「顔を見たこともねえ」

五助が言うと、孫七もうなずいた。

吉住は旗本だけあって、この屋敷の賭場でならず者や中間たちといっしょに博奕を打つのは気が引けたのだろう。

市之介と糸川の訊問が一段落したとき、背戸にまわっていた松沢と山川が、座敷に入ってきた。ふたりは、市之介から市村を斬ったことを耳にした後、

「市村の家族と奉公人は、どうしますか」

と、松沢が訊いた。

ふたりの話によると、屋敷の奥の寝間に市村の母親と妻女がいたという。母親は老齢で寝たきりらしく、妻女が義母の世話をしていたそうだ。また、台所には下男がひとりいたという。

「女たちに、手出しは無用だ。……おれたちは、剣の立ち合いで市村を斬っただけのことだ」

家族に罪はない。市之介は、できるだけ家族に累が及ばないようにしてやりたかった。

「引き上げよう」

　糸川が、座敷にいた五人に声をかけた。

5

　市之介たちは、市村家の門から通りに出た。町並は夕闇につつまれ、辺りに人影はなかった。通り沿いの武家屋敷は、ひっそりと静まっている。

「旦那！　だれか来やすぜ」

　前を歩いていた茂吉が、声を上げた。

　見ると、武士らしい人影が見えた。ふたり——。小走りに、こちらにむかってくる。

「利根どのと、佐々野だ」

　糸川が言った。

　何かあったらしい。ふたりは、山輪を見張っていたはずである。

　ふたりは、市之介たちのそばに走り寄ると、

「や、山輪は、町方の手に落ちたぞ！」

利根が喘ぎながら言った。急いで来たため、息が上がったらしい。

「どういうことだ」

小暮が訊いた。

「町方が大勢で、山輪の家を取りかこみ、押し入ったのだ」

利根が昂《たかぶ》った声で言った。

「野宮どのたちか」

市之介が、彦次郎に訊いた。

「そうです」

「町方は、泉次郎たちを訊問して、山輪の居所をつきとめたようだ」

野宮たちは、山輪が幕臣でないと知り、牢人として捕らえるつもりなのだろう。

「どうする、山輪が吉住に仕えている用人であることは、すぐに知れるぞ」

糸川が言った。

「町方は、吉住が白狐党の頭目だと、気付くな」

「それも、今夜中かもしれん」

糸川の顔に憂慮の翳《かげ》が浮いた。

旗本の吉住が、白狐党の頭目として町方に捕縛されたら、御目付の面目は丸潰れである。市之介や糸川たちが、これまで白狐党に対してやってきたことがすべて無駄になる。

「だが、町方が動くとしても、明日以降だ」

市之介が言った。

町方が山輪を捕らえたが、吟味は明日からであろう。山輪がすぐに口をひらいたとしても、捕方が動くのは、明日の午後以降になる。

「今夜か、明日の未明のうちに、吉住を始末すればいいわけだな」

糸川が顔をけわしくして言った。双眸に、挑むような強いひかりが宿っている。

「このまま、吉住の屋敷に向かうか」

市之介が言った。

「それしかないな」

糸川が言うと、小暮や彦次郎たちがうなずいた。

吉住の屋敷は車坂町に近い武家地にあるが、市村の屋敷と同じ下谷である。これから、吉住の屋敷にむかっても、それほど時間はかからない。

「行くぞ!」

市之介たちは、通りを北にむかって走った。

市之介たちが吉住の屋敷の前まで来ると、辺りは淡い夜陰につつまれていた。六ツ半（午後七時）ごろであろうか。夜空に、十六夜《いざよい》の月がかがやいている。

屋敷の門扉は、しまっていた。屋敷にかすかに灯の色があり、人声が洩《も》れてきた。武士ではなく中間か下男らしい物言いだが、何をしゃべってるのか聞き取れない。

「門は、しまっているぞ。塀を乗り越えるか」

糸川が言った。

築地塀である。それほど高い塀ではない。だれかの背に乗れば、乗り越えられるだろう。

「旦那、あっしがだれか呼んで、門をあけるように言いやすよ」

茂吉が言った。

「茂吉、そんなことができるのか」

市之介が訊いた。

「なかの中間に、市村の屋敷から来たと言いやす。……駄目だったら、塀を乗り越えてくだせえ」

「茂吉、やってみろ」

市之介は、茂吉も中間なので、うまく話すかもしれない、と思った。

茂吉は、市之介たちが門の脇に身を隠すのを待ってから、くぐり戸の前に行き、

「吉住さま、吉住さま」

と声をかけながら、ドンドンと、くぐり戸をたたいた。

すると、門のなかで、だれだい、という男の声が聞こえた。さきほど聞こえていた男の声らしい。

「市村さまのお屋敷から来やした。吉住さまに、お伝えすることがございます。……どなたか、顔を出してくだせえ」

茂吉が、切羽詰まったような声で言った。

「市村さまの使いかい」

くぐり戸の向こうで、男が訊いた。

「へ、へい、どなたか、お屋敷の方を呼んでくだせえ。……お伝えすることがありやす」

「待ってろ。すぐ、お呼びする」

男は屋敷にむかったらしく、戸口から離れていく足音がした。

茂吉が市之介の方へ顔をむけ、

「旦那、ここへ」

と呼び、くぐり戸をあけたら、押し入ってくだせえ、と小声で言った。

「よし」

市之介は、くぐり戸の脇へ張り付くように身を寄せた。

門の向こうで、走り寄る足音がした。ふたり、門に近付いてくる。

足音が、くぐり戸のところでとまり、

「市村さまからの言伝《ことづて》だと」

武士の声が聞こえた。若党かもしれない。

「へ、へい、それに、お渡しする物がございます。くぐりをあけてくだせえ」

茂吉が声をつまらせて言った。

「待て、いま、あける」

閂《かんぬき》をはずすような音がし、くぐり戸があいた。

若侍が顔を出し、

「何を言いつかってきたのだ」

と、茂吉に訊いた。

そのときだった。市之介が、脇からくぐり戸の前に出ると、若侍を押し退《の》けてなかに踏み込んだ。

「な、何者！」

若侍がひき攣ったような声を上げ、後ろによろめいた。

市之介につづいて、糸川、小暮、彦次郎たちが、次々にくぐり戸から踏み込んだ。

「ぬ、盗人か！」

若侍が、声を上げた。

「盗人は、そっちだろう」

すばやく、市之介は抜刀して峰に返すと、若侍に迫った。

「おのれ！」

若侍が、刀を抜こうとして右手を柄に添えた。

刹那、市之介が刀身を横に払った。一瞬の太刀捌きである。

峰に返した市之介の刀身が、若侍の右肘をかすめて、脇腹に食い込んだ。

グッ、と若侍が喉のつまったような呻き声を上げ、右手で脇腹を押さえてうずくまった。

市之介は若侍の脇に立ち、切っ先を首筋にむけ、

「吉住藤之助は、どこにいる。われら、目付筋の者だ」

と、語気を強くして言った。

「……！」

若侍は、驚愕と苦痛に顔をゆがめた。市之介に目をむけたまま、口をつぐんでいる。

「言わねば、このまま首を突き刺す」

そう言って、市之介が切っ先を若侍の首筋に当てると、

「お、奥の座敷に……」

若侍が、絞り出すような声で言った。

「奥の座敷とは？」

「玄関を入ってすぐの、廊下の突き当たり……」

「踏み込むぞ！」

市之介が、糸川たちに声をかけた。

糸川は、彦次郎と利根に、

「この男を頼む」

と言い置き、市之介につづいて玄関にむかった。さらに、小暮と山川がつづき、茂吉が、しんがりについた。

6

玄関から入ると、狭い板敷きの間になっていた。右手に、奥につづく廊下がある。

「こっちだ」

市之介と糸川が先にたった。

市之介たちは、忍び足で歩いた。いま、吉住に気付かれると、逃げられる恐れがあったのだ。

廊下沿いに部屋があり、明らんだ障子が廊下をぼんやりと浮かび上がらせていた。明かりの点《とも》った部屋から、男の声が聞こえた。若党かもしれない。

「突き当たりだ」

糸川が声をひそめて言った。

廊下の突き当たりの部屋の障子が、ぼんやりと明らんでいた。かすかに、人声が聞こえた。男と女の声である。

市之介が障子に身を寄せ、脇にいる糸川たちに、

「ここだぞ」

と、声を殺して言い、障子をあけた。

そこは、床の間のある座敷だった。なかほどに、大柄な武士が座していた。吉住らしい小紋の小袖に角帯姿だった。

吉住は盃を手にしていた。膝先に、酒肴の膳が置いてある。吉住の脇に、年増が座していた。妻女は病身と聞いていたので、女中ではあるまいか。酌をさせていたらしい。

「何者だ！」

吉住が叫んだ。

四十がらみ、眉の濃い、赤ら顔の男である。黒ずんだ厚い唇をしている。

糸川が言った。

「目付筋の者だ」

「なに、目付筋だと」

吉住の顔から血の気が引き、手にした盃が震えて酒が脇にこぼれた。状況を察

知したらしい。

「吉住、観念しろ！」

「な、なんのことだ。うぬら、無礼であろう。断りもなしに、屋敷に踏み込んでくるなどと……」

吉住が声を震わせて言った。

「吉住、悪足掻《わるあが》きはよせ。……すでに、市村はわれらが討ち取った。山輪は、町方に捕らえられている。もう、逃げ場はない」

糸川が吉住を見すえて言った。

「し、知らぬ。何のことか、分からぬ」

言いざま、吉住は立ち上がり、床の間の刀掛けの大刀を取ろうとした。

すかさず、市之介が抜刀し、吉住の前に立ちふさがって切っ先をむけた。俊敏な体捌きである。

「吉住、盗賊の頭として、この場で斬られたいのか」

市之介が、鋭い声で言った。

「な、なに……」

吉住が目を剝いた。

座敷にいた年増は恐怖に顔をひき攣らせ、座敷の隅に這って逃れた。市之介も糸川も、女にはかまわなかった。

「吉住家が、つぶれるだけではないぞ。子々孫々《ししそんそん》まで、汚名を残すことになる」

市之介が、切っ先をむけたまま言った。

「……！」

吉住の顔が、押し潰されたようにゆがんだ。大柄な体が揺れるように顫えている。

「吉住、公儀のお情けだ。ここで、武士らしく腹を切らせてやる」

「……」

吉住はつっ立ったまま、虚空に目をむけている。

「それとも、町方のお縄を受け、盗賊の頭として、磔《はりつけ》獄門になるか」

市之介が言うと、

「吉住、観念して腹を切れ！」

糸川が促すように言った。

吉住が、がっくりと膝を折った。顔が紙のように蒼ざめ、体が顫えている。

市之介は吉住のそばに身を寄せ、

「おれが、介錯してやる」

と、静かだが重いひびきのある声で言った。

この場で首を刎《はね》ると座敷を汚すが、外へ連れ出して暗闇のなかで腹を切らせるわけにもいかない。

吉住は動かなかった。端座したが、体の顫えは激しくなり、虚空にむけられた視線が揺れている。

「腹を出せ！」

市之介が声をかけた。

吉住は両襟をつかんだが、手が震えてなかなかひろげられない。それでも、何とか両襟をひろげ、腹を露出させた。

「これを、遣え」

糸川が刀掛けにある小刀を抜き、刀身の鍔元を懐紙でつつんで、吉住の右手に握らせてやった。

吉住は切っ先を左の脇腹にむけたが、手がとまったまま動かない。小刀の切っ先が、ワナワナと震えている。

市之介は吉住の脇に立ち、八相に構えると、

「切れ！　吉住」

と、声をかけた。

すると、吉住は切っ先を脇腹につけた。だが、突き刺せない。手の震えが激しくなり、切っ先がわずかに皮膚を切り、血が滲み出た。

刹那、市之介の全身に斬撃の気がはしった。

タアッ！

鋭い気合とともに、閃光《せんこう》がきらめいた。

にぶい音がし、だらりと吉住の首が折れたように前にかしいだ。次の瞬間、吉住の首根から、血が赤い帯のようにはしった。首の血管《ちくだ》から噴出した血が、赤い筋を引いて飛んだのだ。

ヒイイッ、と座敷の隅にいた女が、喉を裂くような悲鳴を上げ、四つん這いになって廊下に逃れた。

市之介たちは、女を追わなかった。

吉住は首を垂らしたまま、息絶えている。市之介が喉皮《のどかわ》だけを残して、首を斬ったのである。

「吉住どのは、みごとに腹を召された」

糸川が重いひびきのある声で言った。

第六章　白い刃光《はこう》

1

市之介は、真剣を手にして庭に立った。そして、ゆっくり素振りを始めた。遅い朝餉《あさげ》の後、一汗かくつもりで、庭に出たのである。このところ、市之介は朝餉の後、素振りだけでなく、ひとりで剣の工夫をすることがあった。

しかも、木刀でなく真剣を手にしたのは、市之介の胸に、曽山の遣う白波返《しらなみがえ》しがあったからである。

市之介たちが、吉住に切腹させてから五日過ぎていた。この間、糸川たちが曽山の隠れ家をつきとめるために、探索にあたっていた。

市之介は曽山の居所が知れたら、白波返しと勝負するつもりでいたが、勝てる、という自信はなかった。それで、白波返しを破る工夫をする気になったのである。市之介は小半刻（三十分）ほど真剣を振り、全身が汗ばんでくると、脳裏に浮かべた曽山と対峙した。

曽山は、下段に構えた。両肩を下げ、ダラリと刀身を足元に垂らしている。下《げ》段崩《だんくず》しと称する構えである。

市之介は青眼の構えからすこし刀身を下げて、切っ先を曽山の鳩尾《みぞおち》につけた。以前曽山と対峙したときと同じ構えをとったのだ。

曽山は下段崩しから、刀身をゆっくりと逆袈裟に上げてくる。そのとき、刀身が青白くひかり、寄せながら盛り上がってくる白波のように目に映じるのだ。しかも、その刀身のひかりに目を奪われ、曽山の姿が視界から消える。次の瞬間、曽山は真っ向へ斬り込んでくるのだ。

市之介は曽山の刀身の動きを脳裏に浮かべながら、

……このままでは、斬られる。

と、感じていた。

目眩《めくら》まし、と分かっていたが、一瞬、視界を奪われてしまうのだ。

市之介は、ここ何日か脳裏の曽山と対峙し、曽山が下段から刀身を上げるときに仕掛けてみようと思い、色々試してみた。だが、うまくいかなかった。曽山は刀身を上げることができるから、市之介が斬撃の間合に踏み込んで仕掛ける前に、曽山は刀身を上げることができるからだ。

……白波返しを破るのは、間合ではない。

と、市之介は気付いた。

では、どうするか。目眩ましなら、見なければいい、と市之介は思った。だが、立ち合いのときに、目を閉じるわけにはいかない。

市之介は脳裏に描いた曽山の構えや刀身を見ずに、帯に目をつけてみた。だが、下段から逆袈裟に上げてくる曽山の切っ先は、どうしても市之介の視界をよぎる。

……爪先か！

市之介は、曽山の爪先に目をつければ、刀身を見ずに済むと思った。

すぐに、市之介は脳裏に描いた曽山の爪先に目をつけた。曽山が下段から、逆袈裟に刀身を上げてくる。

……ひかりの筋は、見えない！

曽山の切っ先は、市之介の視界の外にあった。しかも、曽山の爪先を見、気配を感じることで、斬撃の起こりも読める。

市之介は脳裏に描いた曽山の爪先に目をやり、斬撃の気配を読んだ。

曽山は刀身を振り上げるや否や、鋭い気合とともに真っ向に斬り込んできた。

すばやい太刀捌《さば》きである。

刹那、市之介は後ろに跳びざま、刀身を横一文字に払った。

真っ向と横一文字——。

二筋の閃光が、縦と横にはしった。

曽山の切っ先が、市之介の鼻先をかすめて空を切り、市之介のそれは、曽山の脇腹から一尺ほど離れたところを横に流れた。

……胴を狙っても、だめだ！

と市之介は、察知した。敵が前に斬り込んだときの胴の位置は遠くなる。市之介が、両腕を伸ばしてもとどかない。

……狙うなら、腕だ！

曽山が真っ向に斬り込だとき、前に伸びる右腕を狙えばいい、と市之介は気付いた。

だが、曽山の正面にいては、己も曽山の斬撃を浴びてしまう。右手に体をひらきながら、右腕を狙うしかない。

ふたたび、市之介は脳裏の曽山と対峙した。

市之介は曽山の爪先に目をつけると、気を静めて曽山の斬撃の気配を読んだ。

曽山が下段から逆袈裟に刀身を上げてくる。その刀身が頭上まで上がった、と市之介が感じた刹那、曽山が鋭い気合を発し、真っ向に斬り下ろした。

間髪をいれず、市之介は右手に体をひらきながら、曽山の右籠手《こて》を狙って袈裟に斬り下ろした。

……斬った！

と市之介は、感知した。

だが、斬り込みが浅かった。曽山の右腕の皮肉を裂いただけであろう。

……いま、一手！

市之介は、脳裏に描いた曽山と対峙した。

市之介は繰り返し繰り返し、脳裏の曽山と闘った。腕を斬り落とした！　と感じるときもあったが、市之介が曽山の斬撃に左肩を斬られたと感じるときもあった。

右手に体をひらくのが遅れると、曽山の真っ向への斬撃は、市之介の肩をとらえるのだ。右手に体をひらく一瞬の動きが、勝負を決しそうである。

一刻（二時間）ほどつづけると、市之介はぐっしょりと汗をかき、体がふらつくようになった。

そのとき、縁側に佳乃が顔を出し、

「兄上、お客さまです」

と、声をかけた。

「だれだ？」

市之介は刀を下ろした。

「糸川さまと、野宮さまという方です」

佳乃は糸川を知っていたが、野宮に会うのは初めてのようだ。

「野宮どのも、いっしょか」

市之介は、上がってもらってくれ、と佳乃に言った。

「はい」

佳乃は、すぐに玄関先へむかった。母のつるも屋敷内にいるはずだが、奥で何かしているのかもしれない。

市之介は手ぬぐいで汗を拭き、乱れた小袖の襟や袴の裾などを直してから、座敷に上がった。

2

糸川と野宮は、市之介の前に腰を下ろすと、

「剣術の稽古をしてたそうだな」

と、糸川が訊《き》いた。おそらく、佳乃から聞いたのだろう。

「いや、久し振りで、素振りをしただけだ」

市之介は額に浮いた汗を手の甲で拭いながら、

「何かあったか」

と、糸川と野宮に目をむけて訊いた。ふたりが、いっしょに来るなど、これまでになかったことである。野宮が糸川や市之介に知らせることがあって、訪ねてきたのではあるまいか。

「曽山の居所が知れたよ」

野宮が低い声で言った。

「知れたか！」

市之介の声が大きくなった。

「田所町《たどころちょう》の借家だ」

日本橋田所町は、浜町堀の西に位置している。

野宮によると、捕らえた山輪を吟味したおり、曽山の住家を追及したという。その際、山輪は曽山の住家に行ったことはないが、権蔵の賭場の近くらしいと話したそうだ。

野宮は、岡っ引きたちに権蔵の賭場をつきとめるよう指示した。岡っ引きたちは、それぞれの縄張りに住む博奕《ばくち》好きや遊び人たちから聞き込み、権蔵の賭場が田所町にあることをつきとめたという。

「手先たちに、権蔵の賭場を見張らせたのだ。すると、曽山があらわれた。手先が曽山の跡を尾《つ》けて、塒《ねぐら》をつきとめたわけだ」

野宮が言った。

「曽山は、ひとり暮らしか」

市之介が訊いた。

「いや、情婦《おんな》といっしょらしい。曽山は、奪った金を持っているからな。暮らしの世話をさせるためもあって、情婦を引き込んだのかもしれん」

「それで、おぬしが、糸川やおれに話を持ってきたのは、どういうわけだ」

野宮が曽山の住家をつきとめたのなら、町方の手で捕縛すればいいのだ。曽山は牢人だし、白狐党のひとりとして捕らえれば、野宮たちの手柄になるだろう。

「曽山は遣い手だ。……それに、おとなしく縄を受けるような男ではない。刀をふるって、抵抗するはずだ」

野宮が言った。

「うむ……」

曽山を捕らえるのは容易でない、と市之介も思った。

「糸川どのと、青井どのの手を借りたい」

野宮が市之介と糸川に目をむけて言った。

「手を借りたいだと……」

市之介は、野宮の思惑が分からなかった。曽山がいかに遣い手であろうと、捕方が大勢でむかえば、捕縛できるはずだ。

「い、いや、捕方から大勢の犠牲者が出るし、権蔵の賭場にも手を入れねばならないからな。……それに、権蔵の賭場が知れ、曽山の住家が知れたのも、おぬしたちが泉次郎を渡してくれたからだ」

野宮が、言いにくそうに声をつまらせた。

「青井、野宮どのは、曽山の始末は、おれたちにまかせる、と言ってくれているのだ。……白狐党の最後のひとりを斬れば、おれたちとしても、きっちり始末をつけることができるわけだ」

糸川が脇から言った。

「そういうことか」

市之介は、野宮が市之介に借りができた、と話したのを思いだした。おそらく、野宮は市之介たちに花を持たせようとしているのだ。

「ただ、おれも、くわわるぞ。曽山の最期を見届けたいからな。それに、ふたりに曽山の隠れ家を知らせねばなるまい」

野宮が言った。

「承知した」

市之介には、己や糸川が曽山に不覚をとるようなことになれば、後は野宮にまかせるしかないという気もあった。

そのとき、廊下を歩く足音がし、障子があいて佳乃とつるが、座敷に入ってきた。佳乃は盆に載せた湯飲みを手にしていた。茶を淹《い》れてくれたらしい。

ふたりは座敷に座すと、畏《かしこ》まった様子で市之介たち三人の膝先に湯飲みを置いた。

糸川や彦次郎が来ると、ふたりは決まって座敷に座り込み、男たちの話にくわわろうとするのだが、今日はちがった。

「ごゆっくり、なさってください」

つるがすました顔で言い、ふたりはすぐに腰を上げた。市之介たち三人が大事な話をしていると察知したか、初めて顔を合わせた野宮に遠慮したかである。

ふたりの足音が遠ざかると、

「山輪は、吉住の指図で白狐党にくわわっていたのか」

と、市之介が訊いた。

「それもあるが、自分でも金が欲しかったらしい」

野宮は、山輪の吟味から知れたのだが、と前置きして話しだした。

吉住は非役のせいもあって暇を持て余し、吉原や山下などに出かけるようになったという。その際、山輪を同行することもあり、ふたりはしだいに酒色《しゅしょく》に溺れ、遊蕩《ゆうとう》の深みに嵌《は》まっていった。そして、市村や吉住たちの間で白狐党の話が持ち上がったとき、すぐに仲間にくわわったそうだ。

「吉住と市村は、どこで結びついたのだ。……賭場か」

市之介が訊いた。

「ふたりが知り合ったのは、賭場ではないらしい。吉住は山下の贔屓《ひいき》にしている料理屋で市村と何度か顔を合わせ、話をするようになったそうだ。……そのうち、市村が吉住の屋敷にも顔を出すようになり、博奕をやるようになると、曽山や泉次郎たちともつながりができた」

「それにしても、旗本や御家人がどうして盗賊などやる気になったのだ」

遊蕩や博奕に溺れ、いかに金が欲しかったとはいえ、余程のことがなければ、旗本や御家人が盗賊をやる気にはならないだろう。

「山輪の話では、泉次郎が、金なら、大店《おおだな》にいくらでもありやすぜ、と口にしたのを耳にし、山輪と吉住もその気になったらしい」

野宮が話した。

「白狐の面をかぶったのは、顔を隠すためか」

「そのようだが、たいした意味はないらしい。たまたま、市村と政造が下谷の広小路で面売り屋を覗いて白狐の面を目にし、押し入るときに、その面をかぶることにしたそうだ。覆面や頬っかむりより、顔が隠せるとみたのだろう」

「それに、鼠賊とはちがう、という気持ちがあったかもしれんな」

市之介がつぶやくように言った。

「ところで、曽山は、いつ討つ」

糸川が声をあらためて訊いた。

「早い方がいいな。野宮どのの都合さえよければ、明日にも始末をつけたいが」

市之介が言った。

「承知した」

野宮が、市之介と糸川に目をやってうなずいた。

3

風のない静かな日だった。夕陽が、西の家並のむこうに沈みかけていた。浜町堀沿いの道は、淡い蜜柑《みかん》色に染まっている。

市之介、糸川、茂吉の三人は、浜町堀沿いの道を南にむかって歩いていた。曽山を討つために、田所町へ行くのである。相手は曽山ひとりだったので、市之介と糸川とで行くつもりだったが、茂吉が、「あっしも行きやす」と言って、勝手についてきたのだ。

「旦那、野宮さまですぜ」

茂吉が声を上げた。

浜町堀にかかる千鳥橋のたもとに、野宮が立っていた。野宮は羽織袴姿だった。八丁堀ふうの恰好ではない。野宮が、ふだん連れ歩いている手先の姿もなかった。今日は、八丁堀の同心という立場ではなく、ひとりの武士として、市之介たちと行動を供にするつもりなのだろう。

「待たせたか」

糸川が野宮に声をかけた。

「いや、おれも来たばかりだ」

「曽山は、隠れ家にいるのか」

市之介が訊いた。隠れ家にいなければ、後日出直さねばならない。

「いるはずだ」

野宮によると、岡っ引きの源助が午後から曽山の住家を見張っており、家にいなければ、知らせにくる手筈になっているという。

「おれたちも、行ってみよう」

市之介が言った。

「こっちだ」

野宮が先にたった。

市之介たちは、浜町堀沿いの道をすぐに右手におれた。しばらく、町家のつづく通りを日本橋方面に歩くと、野宮は左手の路地に入った。この辺りが、田所町である。

野宮は路地を二町ほど歩いたところで足をとめ、

「斜め前にある借家だ」

と言って、指差した。

小体な仕舞屋《しもたや》だった。そこは寂しい路地で、家の脇は笹藪になっていた。路地を隔てた家の前にも、借家らしい古い家屋があったが、雨戸がしまっていた。住人はいないのかもしれない。

そのとき、前の家の脇から人影が路地に出てきた。源助である。

源助は走り寄ると、首をすくめるように、市之介たちに頭を下げた後、

「旦那、曽山はいやすぜ」

と、声をひそめて言った。

「情婦《おんな》は?」

「いやす。家にいるのは、曽山とおよねで」

情婦の名は、およねらしい。

「どうする、すこし待つか」

野宮が、市之介たちに訊いた。

「暮れ六ツ(午後六時)の鐘が鳴ってから仕掛けるか」

寂しい路地だが、近所に住む長屋の女房らしい女や職人ふうの男などが通りかかった。いま、この場で斬り合いを始めたら、騒ぎが大きくなるかもしれない。

市之介たちは、笹藪の陰に身を隠して暮れ六ツの鐘が鳴るのを待った。その間、市之介は袴の股《もも》だちを取り、刀の目釘を確かめた。糸川は袴の股だちだけ取った。市之介が曽山と立ち合うことになっていたが、糸川は市之介が危ういとみれば、助太刀する気なのだろう。

いつしか、陽が沈み、笹藪の陰や家の軒下などが夕闇に染まってきた。そのとき、暮れ六ツの鐘が鳴りひびいた。

「行くぞ」

市之介が先にたった。糸川と野宮がつづき、すこし離れて茂吉と源助がついてきた。

市之介が戸口の板戸に身を寄せると、男と女の声がした。曽山とおよねであろう。ふたりは、戸口の近くにいるらしい。

市之介が板戸を引いた。戸は重い音をたててあいた。狭い土間があり、その先が座敷になっていた。

市之介が土間に入り、糸川がつづいた。野宮は入らず、戸口に立っている。

座敷のなかほどに、曽山とおよねがいた。曽山は箸を手にし、膝先には箱膳が置いてあった。夕飯を食っていたらしい。

「青井と糸川か！」

曽山は、すぐに立ち上がった。土気色をした顔にかすかに朱がさしたが、表情はあまり変わらなかった。

およねは驚いたような顔をして、市之介と糸川を見つめた。色白の年増である。

「市村と吉住は、おれたちが始末したぞ」

市之介が言った。

「なに！」

曽山の細い目が、つり上がったように見えた。

「白狐党で残ったのは、おぬしだけだ」

「おれを捕らえにきたのか」

曽山は座敷の隅に置いてあった大刀を手にした。

「おぬしは、おれが斬る」

市之介が曽山を見すえて言った。

「おれが、斬れるか」

曽山の薄い唇の端に嗤《わら》いが浮いたが、すぐに消えた。細い目が、切っ先のようにひかっている。

「ここは狭い。表に出ろ」

市之介が言った。

「いいだろう」

曽山は、大刀を一本腰に差し、ゆっくりと戸口に近付いてきた。

市之介と糸川は、戸口から表に出た。野宮と茂吉たちは戸口から離れた路傍に立って、姿を見せた市之介と曽山に目をむけている。

市之介と曽山は、家の前の路地に立った。路地の近くは叢《くさむら》になっていたが、それほど足場は悪くなかった。

辺りは、淡い夕闇に染まっていた。市之介たちの他に人影はなく、ひっそりとしている。

4

市之介と曽山の間合は、およそ四間――。

まだ、ふたりは刀を抜いていなかった。市之介は、刀の柄に右手を添えていたが、曽山は両腕をだらりと垂らしたままである。

「おれは心形刀流《しんぎょうとうりゅう》だが、おぬし、何流を遣う」

市之介は、立ち合う前に聞いておきたかったのだ。

「若いころ、一刀流の道場に通ったことがあるが、いまはひとを斬って身につけた曽山流だな」

曽山が嘯《うそぶ》くように言った。

「そうか」

おそらく、曽山が遣う下段崩しの構えも、白波返しも、多くの真剣勝負をとおして身につけたものであろう。

「いくぞ！」

曽山がゆっくりとした動きで刀を抜いた。

すぐに、市之介も抜いた。

曽山は下段に構えると、両肩を下げ、ダラリと刀身を足元に垂らした。その刀身が、淡い夕闇のなかで銀色《しろがねいろ》にひかっている。

曽山の身構えには覇気がなく、ぬらりと立っているように見えた。これが、下段崩しの構えである。

市之介は青眼に構えてから、刀身をすこし下げ、剣尖《けんせん》を曽山の鳩尾につけた。

そして、目を曽山の爪先にやった。

曽山は死人のような顔をしたまま、まったく表情を変えなかった。ふたりの間合は、四間ほどあった。それに、夕闇のせいもあって、市之介が目線を下げたことに気付かないようだ。

ふたりは、いっとき動かなかったが、曽山が先《せん》をとった。ズッ、ズッ、と曽山の足元で音がした。爪先で、路傍の雑草を分けながら、身を寄せてくる。

市之介は曽山の爪先に目をつけたまま、ふたりの間合と斬撃の気配を読んでいた。

ふいに、曽山の寄り身がとまった。

……あと、一歩だ！

市之介は、曽山が斬撃の間境にあと一歩に迫ったのを察知した。

曽山が下段から刀身を逆袈裟に上げ始めたのを気配で感じたが、市之介は曽山の爪先から目を離さなかった。

……見えない！

曽山の切っ先がはなつはずの青白いひかりの筋が、市之介の目に映じなかった。これなら目を奪われることはない。曽山の気配から、斬撃の起こりを感知することもできるだろう。

……くるぞ！

市之介は曽山が刀身を振り上げ、振りかぶったのを感知した。

イヤアッ！

曽山が裂帛《れっぱく》の気合を発し、真っ向へ斬り込んできた。

一瞬、市之介は右手に体をひらきながら、突き込むように籠手をみまった。

真っ向と籠手――。

曽山の切っ先が市之介の真っ向を襲い、市之介の切っ先が槍穂《やりほ》のように曽山の右籠手へ伸びた。

次の瞬間、曽山の切っ先が、市之介の左の肩先をかすめて空を切った。

……とらえた！

と、市之介は頭のどこかで思った。市之介の両手に、切っ先が曽山の腕を斬り裂いた感触があったのだ。

ふたりは一合《いちごう》した後、背後に大きく跳んで、間合をとった。すかさず、市之介は青眼に構え、曽山は下段にとった。

曽山の右の前腕が血に染まり、赤い筋を引いて血が流れ落ちている。市之介の切っ先が、前腕を斬り裂いたのだ。

「白波返し、破ったぞ！」

市之介が声を上げた。

曽山の表情のない顔がゆがんだ。土気色をしていた顔が憤怒で朱を刷《は》き、細い目がつり上がっている。

「おのれ！」

曽山は刀身を下げ、ふたたび下段崩しの構えをとった。刀身が小刻みに震えている。右腕を斬られたことで、右肩に力が入り過ぎて、右腕が震えているのだ。

刀身が、ぼんやりと白くひかって見えた。震えているために、青白い筋に見えないのだ。

市之介は爪先ではなく、曽山の構えに目をむけた。これなら、曽山の切っ先がはなつ青白いひかりに目を奪われることはない。

市之介は、剣尖を曽山の鳩尾辺りに付けると、

「いくぞ」

と声を上げ、先に間合をつめ始めた。

曽山は動かなかった。立ったまま、足元近くに刀身を垂らしている。表情のない顔がゆがみ、夜叉《やしゃ》のように見えた。

市之介が斬撃の間境に迫ると、曽山が下段から逆袈裟に刀身を上げ始めた。刀身が青白くひかりながら上がっていく。

だが、刀身が震えているため、青白いひかりの筋にはならず、霞《かすみ》のように白くぼんやり見えるだけである。

……構えが、はっきりと見える！

曽山の構えが、はっきり見えた。青白い刃光《はこう》に、目を奪われることはない。

曽山は刀身を上げて、振りかぶった。刹那、曽山の全身に斬撃の気がはしった。

イヤアッ！

突如、曽山が裂帛の気合を発し、真っ向に斬り込んできた。

間髪をいれず、市之介は右手に体をひらきながら、曽山の首を狙って逆袈裟に斬り上げた。神速の太刀捌きである。

真っ向と逆袈裟――。

二筋の閃光が、市之介の眼前で交差した。

次の瞬間、曽山の切っ先はそれて、市之介の左袖をかすめて空に流れた。

市之介の切っ先は、曽山の首筋をとらえた。

ビュッ、と血が飛んだ。

次の瞬間、曽山の首筋から、血が幾つもの赤い筋となって飛び散った。市之介の切っ先が、首の血管《ちくだ》を斬ったのである。

曽山は血を撒きながらよろめいた。足がとまると、反転しようとして体をわずかに市之介の方にむけたが、腰が大きく揺れ、そのままくずれるように転倒した。

地面に伏臥《ふくが》した曽山の首筋から血が噴出し、地面を打つ音が聞こえた。曽山は動かず、悲鳴も呻き声も上げなかった。四肢が、かすかに痙攣《けいれん》しているだけである。血の流れ落ちる音だけが妙に生々しく、静寂のなかで聞こえた。

市之介は曽山に身を寄せ、絶命しているのを確かめると、ひとつ大きく息を吐いた。しだいに、気の昂《たかぶ》りが静まり、体を駆け巡っていた血の滾《たぎ》りが収まってきた。

市之介が曽山の脇に立ち、刀身の血を懐紙で拭っていると、糸川と野宮が小走りに近付いてきた。ふたりの後ろに、茂吉と源助の姿もある。

「いい腕だ」

野宮が感心したように言った。

「何とか、曽山を討てたよ」

勝負は紙一重だった、と市之介は思った。いま、ここに横たわっているのが、曽山でなく己であっても不思議はない。

市之介が刀身を鞘に納めたとき、茂吉が借家の方に目をやりながら、

「およねは、どうしやす」

と、小声で訊いた。

市之介が借家に目をやると、戸口から淡い灯が洩《も》れていたが、女の姿はなかった。およねは、家のなかで震えているにちがいない。

「放っておけ、女に罪はない」

市之介は、夜陰のなかをゆっくりと歩きだした。

5

市之介が座敷でくつろいでいると、佳乃が慌てた様子で入ってきた。

「兄上、おみえになりました」

佳乃が、うわずった声で言った。

「だれが、みえたのだ」

市之介は身を起こした。

「佐々野さまと、糸川さまです」

「何の用だ」

佳乃が高揚しているのは、佐々野と顔を合わせたからであろう。

「兄上に、お会いしたいと」

「ならば、ここに通してくれ」

「は、はい」

佳乃は、すぐに座敷から出ようとしたが、何か思いついたように足をとめ、

「兄上、おふたりに、お茶をお淹れしましょうか」

と、振り返って訊いた。

「頼む。母上が、奥にいるだろう」

「母上に、お話しします」

佳乃は慌てた様子で座敷から出ていった。

市之介が座敷に腰を下ろして待つと、すぐに廊下を歩く足音がし、佳乃が糸川と彦次郎を連れてきた。

佳乃は殊勝な顔をして、

「お茶をお淹れします」

と言い残し、座敷を後にした。お茶がはいったら、母親のつるといっしょに姿を見せるだろう。

「何かあったのか」

市之介が、糸川と彦次郎に目をむけて訊いた。

「いや、昨日、野宮どのと会ってな。その後の話を聞いたのだ。それで、青井の耳にも入れておこうと思ってな」

糸川が言った。

市之介が、曽山を討って幾日か過ぎていた。この間、市之介は一度だけ柳橋の料理屋、浜富《はまとみ》に出かけ、馴染みのおとせを相手に酒を飲んだだけで、屋敷にくすぶっていることが多かった。

「話してくれ」

市之介は糸川の方に膝をむけた。

「三日前、野宮どのたちが、権蔵の賭場に手入れしたそうだ」

そう前置きし、糸川が野宮から聞いたことを話した。

野宮たち捕方は賭場に手入れし、貸元の権蔵、宰領役の中盆、壺振り、それに
権蔵の子分、賭場にいた客などを捕らえたという。

「これで、賭場の始末もついたわけか」

市之介はそう言ったが、権蔵や賭場には、あまり関心がなかった。市之介には、
博奕も賭場もかかわりがないのである。

「野宮どのも、これで肩の荷が下りただろう」

糸川が言った。

「それで、白狐党の泉次郎と山輪は、どうなります」

彦次郎が、糸川に目をむけて訊いた。

白狐党六人のうち、頭目の吉住は切腹、市村と曽山は斬殺、政造は仲間の手で

消されていた。泉次郎と山輪だけが、町方に捕らえられていたのだ。

「斬罪の上、獄門だろうな」

糸川が声をひそめて言った。

「仕方があるまい。白狐党は、商家に押し入って大金を奪っただけでなく、奉公人を殺しているのだ」

白狐党は、断罪に処されて当然の大罪を犯しているのである。

そのとき、廊下を歩く足音がした。障子があいて、佳乃とつるが姿を見せた。

つるの手にした盆には、市之介たち三人に出す湯飲みが載っていた。

ふたりは、座敷にいた男三人の膝先に湯飲みを置くと、市之介の脇に座りなおし、

「いい陽気で、ございますねえ」

つるが目を細めて言った。

佳乃は色白の頬をほんのり朱に染め、彦次郎にときおり目をやっている。

「上野の桜も、満開だと聞きました」

糸川が、こともなげに言った。

市之介は胸の内で、よけいなことを言うな、と思ったが、後の祭りである。

「そうらしいですねえ。以前、市之介から、向島の墨堤に、花見に行きたい、と話がありましてね。……なんですか、難しい事件も無事に解決できたそうですし、そろそろでしょうね」

つるが、そう言って、チラッと市之介に目をむけた。

市之介は、渋い顔をして黙っていた。つるの言うとおり、向島の花見のことを口にしたのは、市之介だった。それに、伯父に頼まれた事件のことを持ち出して、ごまかすこともできなかった。

三日前、小出孫右衛門が、大草の使いで届け物を持って姿を見せ、つるといろいろ話したらしい。そのおり、大草が市之介に頼んだ事件は、すっかり始末がついたことをつるの耳に入れたようなのだ。

市之介が黙っていると、

「母上、佐々野さまと糸川さまも、ごいっしょしてもらったら、どうでしょう」

そう言って、佳乃が嬉しそうな顔をした。

「いいですねえ。……市之介、大勢で行った方が楽しいですよ」

つるが、市之介に顔をむけて言った。

糸川と彦次郎は戸惑うように、お互いの顔を見合っている。

市之介は苦笑いを浮かべ、

……しかたがない。女たちと、花見にでもいくか。

と、胸の内でつぶやいた。

市之介の気持ちは、大きくなっていた。事件の始末がついた上に、懐には大草からもらった金が残っていたからである。

本書は書き下ろしです。

実業之日本社文庫　好評既刊

鳥羽亮
残照の辻 剣客旗本奮闘記
暇を持て余す非役の旗本・青井市之介が世の不正と悪を糾す！ 秘剣「横雲」を破る策とは!? 等身大のヒーロー誕生。（解説・細谷正充）
と21

鳥羽亮
茜色の橋 剣客旗本奮闘記
目付影働き・青井市之介が悪の豪剣「二段突き」と決死の対決！ 花のお江戸の正義を守る剣と情。時代書き下ろし、待望の第2弾。
と22

鳥羽亮
蒼天の坂 剣客旗本奮闘記
敵討ちの助太刀いたす！ 槍の達人との凄絶なる決闘。目付影働き・青井市之介が悪を斬る時代書き下ろしシリーズ、絶好調第3弾。
と23

鳥羽亮
遠雷の夕 剣客旗本奮闘記
目付影働き・青井市之介が剛剣〝飛猿〟に立ち向かう！ 悪をズバっと斬り裂く稲妻の剣。時代書き下ろしシリーズ、怒涛の第4弾。
と24

鳥羽亮
怨み河岸 剣客旗本奮闘記
浜町河岸で起こった殺しの背後に黒幕が!? 非役の旗本・青井市之介の正義の剣が冴えわたる、絶好調時代書き下ろしシリーズ第5弾！
と25

鳥羽亮
稲妻を斬る 剣客旗本奮闘記
非役の旗本・青井市之介が廻船問屋を強請る巨悪の正体に迫る。草薙の剣を遣う強敵との対決の行方は!? 時代書き下ろしシリーズ第6弾！
と26

鳥羽亮
霞を斬る 剣客旗本奮闘記
非役の旗本・青井市之介は武士たちの急襲に遭い、絶体絶命の危機。最強の敵・霞流しとの対決はいかに。時代書き下ろしシリーズ第7弾！
と27

実業之日本社文庫 と28

白狐《びゃっこ》を斬《き》る　剣客旗本奮闘記《けんかくはたもとふんとうき》

2015年4月15日　初版第1刷発行

著　者　鳥羽《とば》 亮《りょう》

発行者　村山秀夫
発行所　株式会社実業之日本社
〒104-8233　東京都中央区京橋 3-7-5 京橋スクエア
電話 [編集]03(3562)2051 [販売]03(3535)4441
ホームページ　http://www.j-n.co.jp/
DTP　株式会社ラッシュ
印刷所　大日本印刷株式会社
製本所　大日本印刷株式会社

フォーマットデザイン　鈴木正道(Suzuki Design)

ISBN978-4-408-55223-1（文芸）